Erri De Luca

Trois chevaux

Traduit de l'italien
par Danièle Valin

Gallimard

Titre original :

TRE CAVALLI

© *Erri De Luca, 1999.*
© *Éditions Gallimard, 2001, pour la traduction française.*
Publication originale par Giangiacomo Feltrinelli Editore, Milan.

Erri De Luca est né à Naples en 1950 et vit aujourd'hui près de Rome. Il est unanimement considéré comme un des écrivains les plus importants de sa génération, et ses livres sont traduits dans de nombreux pays.

Castigo para los que no pratican su purezza con ferocidad.

Gare à ceux qui ne pratiquent pas leur propre pureté avec férocité.

MARIO TREJO,
Argentine, 1926

PRÉFACE

Argentine est un triangle rectangle qui a pour grand côté les Andes à l'occident, pour petit côté l'irrégularité des fleuves au nord et pour hypoténuse élimée l'océan Atlantique à l'est.

Argentine est longue de trois mille sept cents kilomètres, entre vingt et un et cinquante degrés de latitude sud. Le dernier socle d'Amérique, partagé avec le Chili, est à dix degrés seulement de la terre de Graham, croissant du continent antarctique.

Argentine a accueilli près de sept millions d'émigrants jusqu'en 1939. Presque la moitié étaient des Italiens.

De 1976 à 1982, Argentine a purgé une dictature militaire qui a asséché une génération. À la fin, manqueront à l'état civil environ quarante mille personnes, presque toutes jeunes, sans sépulture.

La dictature s'effondre après l'échec de l'invasion des îles Falkland/Malouines, une moitié de

Sicile à peu près, à plus de trois cents kilomètres de la côte. C'est le printemps 1982.

L'immensité de ces lieux et de leur histoire est la scène des aventures vécues dans ce récit.

Je lis seulement des livres d'occasion.

Je les pose contre la corbeille à pain, je tourne une page d'un doigt et elle reste immobile. Comme ça, je mâche et je lis.

Les livres neufs sont impertinents, les feuilles ne se laissent pas tourner sagement, elles résistent et il faut appuyer pour qu'elles restent à plat. Les livres d'occasion ont le dos détendu, les pages, une fois lues, passent sans se soulever.

Ainsi, à midi, au bistrot, je m'assieds sur la même chaise, je demande de la soupe et du vin et je lis.

Ce sont des romans de mer, des aventures de montagne, pas des histoires de ville, je les ai déjà autour de moi.

Je lève les yeux, attiré par le reflet du soleil sur la vitre de la porte d'entrée par laquelle ils entrent tous les deux, elle dans un air de vent, lui dans un air de cendre.

Je reviens à mon livre de mer : il y a un peu

de tempête, force huit, le jeune homme mange avec appétit tandis que les autres vomissent. Puis il sort sur le pont, se tenant solidement sur ses pieds parce qu'il est jeune, seul, tout à la joie de la tempête.

Je détourne les yeux pour couper de l'ail cru sur ma soupe. J'avale une petite gorgée d'un vin rouge âpre, qui sent le fût.

Je tourne des pages dociles, des bouchées lentes, puis je lève la tête du blanc du papier et de la nappe, je suis la ligne du carrelage qui fait le tour de la pièce et qui passe derrière deux pupilles noires de femme, mises sur cette ligne comme deux « mi » fendus de la ligne basse d'une portée musicale. Elles sont pointées sur moi.

Je lève mon verre au même niveau et je le laisse en l'air avant de boire. Cet alignement force mes pommettes à ébaucher un sourire. La géométrie des choses environnantes fait naître des coïncidences, des rencontres.

La femme, de face, me sourit.

L'homme, de dos, intercepte le toast, tord le buste, tend d'abord le coude, le patron qui m'apporte un plat l'esquive d'un coup de rein. Avant que l'autre énergique termine son demi-tour, je salue la dame d'un raclement de gorge, comme si je la connaissais. Elle me répond de la même manière tandis que l'homme me dévisage.

Pendant ce temps je bois, je remets le nez dans mon assiette, je lis et j'avale.

Le bistrot se vide des ouvriers, moi je reste encore, je n'ai pas d'heure pour reprendre mon travail.

Aujourd'hui je dois finir de tailler et de ramasser les branches. Demain je les brûlerai.

La femme se lève, s'avance et s'approche de ma table, rapide et directe.

Je plisse les yeux pour regarder carrément dans son nez, là où ses narines soufflent un peu d'air sur ses mots : « J'ai changé de numéro, appelle-moi à celui-ci. » Et elle laisse sur la nappe un nom et des chiffres. Je mets la main dessus. Elle est assez propre, je ne m'étrille pas pour la pause de midi.

Je la regarde debout devant moi, je me lève et, pour ne pas être en reste, j'improvise à mon tour en disant : « Ça me fait toujours plaisir de te voir. » Elle pose ses mains sur la mienne, « Bien le bonjour chez toi. — Je n'y manquerai pas merci », l'autre est à la porte, elle se retourne et je me rassieds.

Qu'est-ce qui me prend — je n'y manquerai pas merci — empaillé que je suis : à qui le dire ? Je n'ai personne.

Que demande une femme magnifique à un jardinier de cinquante ans assis au fond d'un bistrot ? Jamais vus auparavant, elle est jeune et moi je reviens de vingt ans d'Amérique du Sud. Je suis ici par hasard pour travailler dans le jardin d'une villa en haut de la côte et je descends ici à midi pour être au milieu d'autres et me reposer, et elle, elle passe par là pour la première fois.

Je me ressaisis aussitôt, le patron apporte un quart de vin pour le boire avec moi. « Tu es un honnête homme, lui dis-je, tu as du bon vin et un ouvrier peut être sûr que l'estomac ne lui brûle pas le reste de sa journée.

— Moi aussi je viens de ce métier, dit-il.

— Et puis tu donnes aussi de la soupe aux étrangers et il y a toujours un Africain qui vient s'asseoir pour manger ce qu'il apporte et tu le laisses faire.

— Ça ne me coûte rien et ma femme ne râle pas. »

J'approuve d'un signe de tête.

« Et toi ? demande-t-il, j'aime un homme qui lit.

— Je me tiens compagnie comme ça. »

Il me regarde en face, ce qui est une bonne manière d'interroger. « Je vis seul, je reviens de nombreuses années passées en Amérique du Sud et maintenant je suis de nouveau là. Je connais peu de gens. J'habite dans la vieille ville. »

Pour montrer qu'il n'y a rien à ajouter, je lève mon verre. « Merci et à ta vie ! » Il me sert depuis un mois, tôt ou tard il lui faut bien quelque renseignement. Il a l'air de s'en contenter, il sourit, touche mon verre avec le sien et nous buvons.

Il est de mon âge et il est mieux conservé.

La première fois que j'entre chez lui, je demande à goûter le vin. Il me donne un verre et ajoute une assiette avec des olives noires. « Si vous ne l'aimez pas, vous ne le payez pas », dit-il.

Je m'en rince la bouche, je le fais glisser dans ma gorge : il est honnête et nous nous accordons. Je viens tous les jours et il me donne ce qu'il y a, un seul plat et son vin.

« J'ai de la sauge en pot qui sent bon la noix fraîche, demain j'en apporte, dis-je.

— C'est loin pour venir de la vieille ville. » Oui, je me lève à cinq heures, mais volontiers. L'air de la mer fait parvenir ici un peu de son odeur.

La maison craque à cette heure-là, pierre, bois, bâillements. Puis elle se tait au parfum du café. Une cafetière sur le feu suffit à remplir une pièce.

Je m'aperçois que le billet est resté dans ma main, je le mets dans la page du livre. Le patron se lève, pour moi il est temps d'y aller.

Je dois creuser un trou pour un chêne vert qui arrive demain. Je travaille chez un réalisateur de documentaires. Je l'ai connu avant l'Amérique, fils d'un tailleur calabrais monté au Nord pour être ouvrier, pour échanger la précision de l'aiguille contre le fracas de la presse sur la tôle.

Cordonniers, charretiers, tailleurs, forgerons, bourreliers, menuisiers, des gens avec des mains expertes, prises et vendues, réduites à quatre gestes de fatigue.

Il me confie le jardin, il ne veut ni potager ni animaux même s'il y a assez de terre pour tout. Lui, le jeune étudiant, moi, l'ouvrier, communistes à ce moment-là, un mot pendu au portemanteau du siècle passé.

J'éprouve de la sympathie pour son visage : au milieu de tous les autres, si marqués, le sien a un air de bonté et un nez solide comme une proue. Les gens qui ont une cloison nasale aussi importante au milieu de la figure sont forcément bons. Il s'appelle Mimmo.

Il parle volontiers de son père, monté s'enfermer dans une usine pour donner un avenir à ses enfants.

En Calabre il y a le passé, les oliviers plantés par les grands-parents, la maison en pierre taillée au ciseau, maçonnée de façon brute sans enduit. Le soir, il y a quelque chose dans les assiettes, mais pas d'avenir.

La plupart de nos camarades se sont détachés de chez eux ; lui non, il vit avec les dimanches, les économies, les conseils qui réunissent la famille dans une cuisine.

Et aujourd'hui encore je revois ce garçon qui se tait ou regarde par terre, l'os du nez perpendiculaire au sol, pendant qu'on parle grossièrement entre copains. Je suis du Sud moi aussi et j'aime ceux qui disent non en se taisant. Et leur non, ils le font, sans l'agiter avant.

Vingt ans après, le voilà réalisateur. De la chance. Mais il y a des chances qui tombent dans les bras du premier venu qu'elles rencontrent, des putains de chances qui le laissent tomber aussitôt pour aller avec le suivant, et il y a des chances avisées, au contraire, qui guettent une personne et l'éprouvent lentement.

Et les vivants se rencontrent. Lui se souvient des soirées de Turin, du patron qui marque sur mon compte le vin, les olives, un bout de saucisson qu'ils ont pris entre jeunes. Temps à jamais révolus, le patron ferme quand le dernier se lève.

Les derniers sont encore là aujourd'hui, mais ces patrons de bistrot, non.

Et il se souvient de moi à la sortie du deuxième roulement, vers onze heures du soir, quand on se retrouvait aussitôt après pour se raconter l'action du jour, s'il y avait eu du grabuge à l'usine, s'ils avaient manigancé quelque chose de leur côté, à l'école ou dans la rue.

Chaque jour un coup, Turin ville de pions insurgés contre le reste de l'échiquier. Et on ne ferme pas une seule porte, l'infanterie ouvrière ne le permet pas. On ne distingue pas les derniers des premiers, les beaux des laids, les jeunes des vieux, les bohèmes des bien élevés. Il rit à ce souvenir : « Les jeunes gens pauvres qui arrivent à faire bonne figure, c'est alors du communisme. »

Possible alors et plus jamais depuis.

C'est une chance, pas celle d'avoir un bon travail, mais une chance qui est une « première », celle d'être en un temps moins injuste pour des jeunes. Et pour changer de sujet je demande : « Et alors que fait un homme ? » et il sourit sous son nez majuscule, roi de son maigre visage.

« Il y a si longtemps que je n'entends plus ton salut disant : que fait un homme ? Je fais un métier qui doit réunir un tas de gens et qui, à la première erreur, te renvoie chez toi.

— Et où est le problème ? demandé-je, pourquoi veux-tu faire des erreurs ? Tu parles du monde, tu ne peux jamais te tromper. Il suffit que tu l'aimes. »

Puis il me pose des questions sur moi, mais je ne lui récite pas la liste de mes malheurs en Argentine, les injustices effrénées, la chasse à la vie. Il m'offre du travail et je l'accepte volontiers.

Avant de prendre congé, je lui raconte une histoire : « Je suis sur un chantier avec un manœuvre de mon âge, pas encore cinquante ans. C'est un Kurde, autrefois écrivain, il parle anglais. Sur les chantiers on trouve des hommes intéressants, ballottés, de passage, des marins échoués pour toujours. Il est blessé à un œil.

« Comment est-ce arrivé ? Sa réponse est un geste de la main par-dessus son épaule. Ce qui signifie chez nous que c'est du passé, en kurde je ne sais pas.

« À table, je lui demande s'il veut du café, il dit non, je lui en donne tout de même de mon thermos.

« Un jour, il sort une feuille écrite en anglais. La police d'un peuple que je ne veux pas nommer le jette en prison où il est roué de coups. Ses yeux s'abîment, l'un guérit, l'autre non.

« Yeux en anglais se dit "eyes". Une erreur de frappe sur le papier les transforme en "yes". Pour les coups il a les "yes" abîmés. Et l'erreur est juste, tous ses oui sont détériorés, il est bien rare de lui en soutirer un, meurtri, en échange de la proposition d'un café ou d'un coup de main pour gâcher de la chaux.

« Les coups abîment les oui plus que les yeux. Il y a des erreurs qui contiennent une autre vérité. »

Je dis cette dernière phrase pour conclure l'histoire.

Et lui cherche à poursuivre en me demandant ce que j'ai dans ma poche. Un livre, dis-je. Lequel ? Un vieux, je lis des livres en fin de parcours. Pourquoi ? Je te le dirai une autre fois. Sa main se tend vers la poche de ma veste, mais ne retire pas le livre, elle soupèse.

Je lis des vieux livres parce que les pages tournées de nombreuses fois et marquées par les doigts ont plus de poids pour les yeux, parce que chaque exemplaire d'un livre peut appartenir à plusieurs vies. Les livres devraient rester sans surveillance dans les endroits publics pour se déplacer avec les passants qui les emporteraient un moment avec eux, puis ils devraient mourir comme eux, usés par les malheurs, contaminés, noyés en tombant d'un pont avec les suicidés, fourrés dans un poêle l'hiver, déchirés par les enfants pour en faire des petits bateaux, bref ils devraient mourir n'importe comment sauf d'ennui et de propriété privée, condamnés à vie à l'étagère.

« Je te le dirai une autre fois », lui dis-je au moment de prendre congé.

Ainsi toute la journée je suis dans un jardin où je m'occupe d'arbres et de fleurs, où je reste silencieux de bien des façons, pris par quelque pensée de passage, une chanson, la pause d'un nuage qui enlève au dos soleil et poids.

Je m'en vais dans le champ avec un jeune pommier à planter.

Je le pose par terre, je le tourne, je regarde ses branches à peine ébauchées prendre leur place dans l'espace qui les entoure.

Un arbre a besoin de deux choses : de substance sous terre et de beauté extérieure. Ce sont des créatures concrètes mais poussées par une force d'élégance. La beauté qui leur est nécessaire c'est du vent, de la lumière, des grillons, des fourmis et une visée d'étoiles vers lesquelles pointer la formule des branches.

Le moteur qui pousse la lymphe vers le haut dans les arbres, c'est la beauté, car seule la beauté dans la nature s'oppose à la gravité.

Sans beauté l'arbre ne veut pas. C'est pourquoi je m'arrête à un endroit du champ et je lui demande : « Ici, tu veux ? »

Je n'attends pas de réponse, de signe dans la main qui tient son tronc, mais j'aime dire un mot à l'arbre. Lui sent les bords, les horizons et cherche l'endroit exact pour pousser.

Un arbre écoute les comètes, les planètes, les amas et les essaims. Il sent les tempêtes sur le soleil et les cigales sur lui avec une attention de veilleur. Un arbre est une alliance entre le proche et le lointain parfait.

S'il vient d'une pépinière et qu'il doit prendre racine dans un sol inconnu, il est confus comme un garçon de la campagne à son premier jour d'usine. Je le promène ainsi avant de creuser son emplacement.

Chez moi, je rabats la page devant mon assiette et je revois le billet. Elle s'appelle Làila, un accent en forme de tuile résonne sur la première voyelle, deux syllabes de berceuse.

Le billet est là.

Je mâche un bout de fromage et je lis le livre, mais ce petit morceau de papier me distrait, il est en travers et interrompt la veine du bois de la table.

Alors je me lève, je sors dans la rue pour chercher un téléphone. Je laisse tout sur la table, même le billet. Je m'en aperçois dans la cabine.

Ces contretemps me semblent sympathiques. Au cours de la journée, mon corps obéit, et il obéit à tout ce dont je le charge, mais ensuite, une fois son office rempli, il m'envoie courir après le vent et me tire à vide, heureux. Je pense qu'il a raison, que c'est un bon âne, quand il rentre à l'abri, il veut y rester.

Je fais un aller-retour et me voici de nouveau avec le numéro.

« Làila ? — Oui », j'entends sa voix de bouteille tout juste ouverte, joyeuse et gutturale.

« Je tiens entre mes doigts un numéro et le nom que tu as voulu me donner.

— Je veux te revoir.

— J'ai cinquante ans et je suis jardinier.

— C'est bon. Quand ?

— Je suis jardinier, tous les jours, et j'ai cinquante ans depuis peu. »

Alors elle souffle, j'espère que c'est un sourire et elle me dit que j'ai de bons réflexes. Elle veut me revoir.

Je pense qu'il vaut mieux couper court, je dis oui.

Tu as le téléphone, demande-t-elle. Non, et pas de voiture non plus, ni de phonographe, ni de machine à laver.

Un réfrigérateur, oui.

« Je t'invite à dîner, dit-elle.

— Je n'ai pas l'âge de voir un garçon de restaurant apporter l'addition à une dame plutôt qu'à moi.

— Chez moi. » Je dis oui.

« Tu as un stylo ? — Mais non. — Alors retiens l'adresse. » Elle me la donne avec la date.

« Tu continues à me donner des numéros et des noms. Làila, tu es un code ?

— Tu les as retenus ? — Sinon, je rappelle.

— Alors, d'accord », dit-elle.

Écoute Làila, ça ne t'intéresse pas de savoir mon nom ? Pas tout de suite, répond-elle.

De toute façon, il n'est pas aussi beau que le tien, dis-je.

« Il te plaît ? »

Comme le début d'une chanson lorsque tu en apprends la musique au vol et plus tard les paroles.

Je raccroche. Chez moi je mâche, je lis, il n'y a plus de billet en travers entre moi et les habitudes du soir.

Comment est Làila, j'essaie de l'imaginer. C'est une femme qui regarde les hommes, un général qui, sur une place d'armes, remarque entre mille visages ceux qu'il faut retirer des rangs.

Dans la rue on la regarde, mais elle regarde la première.

J'invente. Làila te pèse sur la balance de ses yeux vifs et te trouve insuffisant.

Qu'ai-je donc pour être regardé ? Un visage de carton d'emballage parce que je travaille en plein air.

Peut-être aime-t-elle quelqu'un qui, au lieu de rouler des boulettes de mie de pain au bistrot, tourne des pages.

Elle est grande, elle ne porte aucun colifichet aux doigts ni autour du cou.

Elle émet une voix trouble, haleinée. Elle a des mains capables.

Des pommettes hautes pour appeler un sourire, oui, une bonne géométrie du visage, une bouche pleine, des coups de dents sains, ce doit être beau de la voir manger.

Des tempes douces, soulignées par la courbe des cheveux, des narines fortes pour laisser l'air pénétrer.

Je veux lui apporter un pot de sauge, comme ça je lui raconterai d'où elle vient.

Les jeunes aiment les histoires. Làila doit avoir à peine trente ans.

Je pense aux choses que je ne lui raconterai pas, beaucoup de vie à retirer.

Je lui parlerai de la sauge de l'île de Pag, pâturage des chèvres qui donnent le fromage le plus parfumé de la Méditerranée.

Je lui parlerai des *struffoli* de Noël, d'une grand-mère qui la nuit roule mille boulettes à faire frire et à passer dans le miel.

Du travail dans les marais salants, de l'algue rouge dans le bassin de décantation qui fait mûrir le sel en cristaux et aveugle ceux qui le regardent. L'ouvrier de la saline ne regarde pas sous la ligne d'horizon, il fixe le ciel qui, même à midi, brûle moins que le sol.

Et au coucher du soleil, le rouge est partout, il te traverse de part en part, même l'ombre est une traînée de rouille.

Et puis ça suffit, il ne faut pas étaler ses histoires.

C'est l'aube dans le train qui m'emmène en ville. L'obscurité cède en un point et blanchit. Peu de lumière pour lire, la voiture est vieille, elle grince, elle secoue.

Je regarde les terres, je pense au jardin. Cultiver des arbres donne beaucoup de satisfaction.

Un arbre ressemble à un peuple, plus qu'à une personne. Il s'implante avec effort, il s'enracine en secret. S'il résiste, alors commencent les générations de feuilles.

Alors, tout autour, la terre l'accueille et le pousse vers le haut.

La terre a un désir de hauteur, de ciel. Elle pousse les continents à la collision pour dresser des crêtes.

Elle se frotte autour des racines pour se répandre dans l'air par le bois.

Et si elle est faite de désert, elle s'élève en poussière. La poussière est une voile, elle émigre, elle franchit la mer. Le sirocco l'apporte d'Afrique, elle vole des épices aux marchés et en assaisonne la pluie.

Le monde, quel « maestro » !

Telles sont les pensées qui bringuebalent dans la tête d'un passager dans un train. Moi, avec mes comptes de jardinier, élagages, semis, prévisions de floraisons et de fruits, j'ai l'air de l'œuf qui apprend à la poule. Que survienne un crachat de grêle, une vitre de gelée et te voilà servi, monsieur des jardins.

Je vois les choses comme ça : le travail n'est rien, juste un salaire. Ce qui compte c'est d'avoir la tête entre les pieds, le visage au ras du sol pour s'occuper d'en bas. Ce qui compte c'est de plier la nuque vers la terre, d'avoir pour elle plus d'attention que pour les hommes.

Ainsi, pour le temps qui reste, il est bon d'avoir affaire aux autres, de se comprendre à fleur de visage, de se raser pour une femme, de combattre toute violence.

J'ai plus de vie passée à regarder la terre, l'eau, les nuages, les murs, les outils, que les visages. Et je les aime.

À présent, j'erre sur celui de Làila, ses pommettes astiquées comme des cuivres, une bouderie des lèvres, détails mal assortis. Quand j'y pense, je n'arrive pas à retenir un visage de femme tout entier.

Je descends du train le dernier, sombre vice de celui qui vérifie si quelqu'un le file.

Après dispersion des arrivés, le bout du quai reste vide et on peut mieux surveiller. Il me reste des habitudes d'une autre vie.

Au jardin, j'enfile mon bleu de travail sur mes vêtements. L'oncle hiver est dans l'air et il tient bon, il fait crisser la terre sous les semelles.

Sous les troncs des lauriers, se détache l'orange pâle d'un rouge-gorge, tombé d'une branche comme une feuille étalée à cause du gel.

En face, le vent arrive du nord, et il suffit de ne pas se raser le matin, mais le soir.

J'ai mon rasoir sur moi, après le travail je vais chez Làila.

Je m'apprête à passer la nuit dans la cabane à outils, car il n'y a plus de train après dîner.

Je bêche sous les lauriers. De leurs feuilles épaisses, toujours vertes, ils protègent les moineaux qui, le soir, se disputent la place la plus chaude, près du tronc. Ils se disputent pour vivre. Puis ils ont un murmure de mise en ordre, je pense qu'ils prient.

Ce n'est qu'au printemps que je taille les lauriers, quand ils ne servent plus d'abri aux moineaux.

J'aime brûler les restes de leur feuillage. Ils font une fumée qui étourdit et fait revenir en mémoire les disparus. C'est dans cette fumée que je m'assieds à midi avec des olives noires.

Ces jours-là, je vois clair dans la géométrie. Les vivants ne sont pas à la perpendiculaire des morts étendus, ils leur sont parallèles. La faux n'a pas la courbe de la lune, mais celle de l'œuf. Le pain gonfle en prenant la forme de la paume du boulanger. Le porter à sa bouche, c'est comme serrer la main de qui l'a pétri.

À force de rester silencieux pendant que le corps travaille, des pensées de nage et d'envol vont et viennent à la débandade. D'un mois d'avril, déjà bien lointain, je revois le ciel de

Jéricho couvert du blanc des cigognes, migrant d'Afrique vers les toits d'Europe.

Devant la soupe du patron, je termine une histoire qui décrit la ville d'Odessa.

Je n'ai jamais vu la mer Noire : je ne connais rien de la mer Tyrrhénienne si j'ignore l'embouchure des fleuves sans fin qui du bas de la Russie équilibrent l'eau de la Méditerranée.

Je ne sais rien sur trop de choses pour en tenir compte, mais par moments mon ignorance affleure et me rend nostalgique.

Je feuillette des pages d'une ville de figuiers, de bandits, de marins, de juifs.

Pendant ce temps, la salle du patron se remplit d'hommes sombres, transis. J'en invite certains à s'asseoir aux trois places vides, je demande un litre de vin à partager, je m'excuse de lire.

Ils sont de trois âges et de trois peuples différents. Ils mangent un morceau tiré de leur poche, nos mains occupent la table.

Je lis un livre sur Odessa et j'écoute leur souffle, un bruit de ressac.

Dehors le froid comprime les poumons qui, à l'abri, se dilatent pour réchauffer le sang.

Ils acceptent une tasse de café, puis ils s'en vont ensemble après une poignée de main.

L'après-midi arrive le chêne vert. Je dispose ses racines dans le trou, je l'étaie avec trois

31

piquets, je mets de l'engrais et j'arrose. C'est déjà un beau tronc, il s'enracine non sans effort ni sans risque une fois grand. Il arrive que les arbres s'étiolent et ne veuillent plus vivre. Je chantonne autour de lui un air de bienvenue, je l'attache pour lui donner de la force.

Le soir tombe vite, je me lave la figure, je me rase. Je ne mets pas de savon, il me suffit de laisser l'eau une minute mouiller le poil qui ensuite part facilement.

Je frotte mes mains très fort pour ôter l'ombre de la terre, puis je me mets une vieille cravate autour du cou et j'y vais.

J'entre, je lui serre la main et je me retourne pour poser mon manteau.

Toujours de dos, je sens ses doigts passer sur mon cou d'une oreille à l'autre. Je ne comprends pas son geste, je me retourne lentement, elle dit que j'ai deux rides parallèles comme celles de son père, deux coupures, dit-elle.

Je demande si je lui ressemble aussi de face, ça non, puis il lui vient une autre idée, elle prend mes mains, les retourne, dit que dans les paumes je lui ressemble, mais pas sur le dos. En somme, l'envers est évocateur et l'endroit non.

Elle a une robe étroite qui suit toutes les lignes de son corps et un pull de laine blanche comme une floraison d'amandier. Nous sommes encore debout dans l'entrée.

Elle me fait passer dans une grande pièce, je vois une cuisinière, une table préparée, des chaises, un divan, de grands tableaux et je n'y fais plus attention.

Je me comprends mal moi-même : nullement embarrassé, je m'installe, j'arrange correctement mon pantalon au niveau des genoux et je demande d'où elle vient. De Russie et d'Écosse du côté de sa mère, de Sicile et de Ligurie du côté de son père.

Tu es une princesse, tu portes la géographie dans ton sang.

Son nom est celui de sa grand-mère russe née sur la rive droite de la Néva. « Nebo na Nevoi », le ciel sur la Néva est une chanson, rien qu'un couplet laissé sur le bord de son sommeil de petite fille où s'enracinent les berceuses et la voix d'une grand-mère qui s'effrite dans ses rêves.

Elle demande si je suis aussi un prince de mélanges.

Non, mes parents sont d'un seul endroit, comme mes grands-parents.

Pourtant je m'invente une effervescence d'ancêtres : la nuit, j'éprouve une nostalgie grecque pour les étoiles massées en noms tirés d'un abécédaire, pour les calculs des planètes, pour la règle des comètes.

Làila est assise sur l'accoudoir, ainsi je la regarde d'en bas et elle me plaît.

Je continue : dehors, la nuit, je comprends que la science est née de la beauté, du désir de la comprendre.

Devant une femme, je sens le Napolitain qui a envie de la faire rire.

Sans éclats de rire avant, les baisers sont fades. Je ne le lui dis pas.

Au travail, je suis un homme de cette mer qui a de brusques tempêtes, qui n'est pas connue et prévisible comme l'Atlantique, c'est pourquoi je prends le temps comme il se présente.

Devant le miroir, je sens un frisson juif quand je me rase sous les tempes, devant le fromage je me sens un nez français, et avec du vin dans mon verre je sens dans ma paume la chatouille de quelque grand-père qui bêche sur les marnes pelées des collines piémontaises.

Làila glisse des regards rapides sur mon visage, elle est en reconnaissance sur moi. Je lui donne le temps et j'insiste : face à la mer je ressens la prudence d'un paysan insulaire qui compte sur son bateau de pêche quand il lui faut laisser la terre l'hiver et descendre à la plage pour tenter quelque chose.

Tu te connais bien ou tu inventes, demande-t-elle.

Je m'amuse un peu, je grappille un peu dans mes sens et j'ai aussi un peu soif.

Elle s'excuse. Elle se lève, se lève et paraît bien plus grande ou alors c'est moi qui, affalé, la vois à un pouce du plafond.

Du vin ? Oui. Du fromage ? Oui.

Je me lève moi aussi, je sors de ma poche un paquet au papier argenté, je dépose mes feuilles de sauge sur la table. J'en effrite une sur une tranche de pain.

Comme elle sent fort, dit-elle.

C'est de l'encens qui fait fuir les diables, dis-je.

Elle s'assied tout près, elle me laisse lui écraser une feuille sur une deuxième tranche.

Il faut tes mains pour faire de l'encens avec la sauge, dit-elle en reniflant, et la ligne de son nez fait un angle droit avec le plan de la table.

Je vois les histoires d'angles comme ça : s'ils sont aigus ils sont bons, s'ils sont obtus ils sont mauvais et s'ils sont à quatre-vingt-dix degrés il y a égalité.

Elle veut trinquer avec nos deux verres, je tourne ma main pour toucher les jointures de ses doigts avec les miennes : toast des doigts, puis de verre. Où l'ai-je appris ? Dans un autre monde, dans un temps étrange à vivre, en se retrouvant éveillé le jour suivant, pour continuer à y être.

Tu m'en parleras après, dit-elle. J'ébauche un non de la tête. Elle ne tient pas compte de ce non.

Tu as l'air de quelqu'un qui sait pas mal de choses, dit-elle.

Je le nie : je ne sais même pas de quel côté la tartine est beurrée.

Elle rit.

Et d'une, me dis-je en observant sa bouche s'étirer, sa langue briller entre ses dents, et mon nez me démange quand je me penche sur son éclat de rire.

Elle demande ce que je fais comme travail. Je suis un ouvrier des jardins, souvent à genoux, et c'est là que j'use mes pantalons. Je les arrange à nouveau sur mes rotules.

Comment est la terre, demande-t-elle, et elle attend la réponse ironique qu'elle est basse, bien trop basse.

Non, je deviens sérieux et je dis autre chose. Il y a deux sortes de terre, dis-je et je me tourne vers elle, assise près de moi. L'une a de l'eau en dessous, on fait un trou et elle affleure. C'est une terre facile.

L'autre dépend du ciel, elle n'a que cette source. Elle est maigre, voleuse, capable de prendre de l'eau au vent et à la nuit, et dès qu'elle en a un peu, elle la dépense aussitôt en couleurs qui se figent dans la moelle des pierres, elle exalte les sucres des fruits et répand effrontément son parfum. C'est une terre de ciel sec, je la préfère. Cette sauge vient d'elle.

Elle m'écoute les lèvres pincées, demande si j'écris ces choses-là.

Non, je n'écris rien, je lis, oui, volontiers.

Et des lettres ? Oui, des lettres. D'amour ?

Sa question me rappelle une histoire qui me sert de réponse. Je la raconte, mais j'ai faim aussi, dis-je.

On s'assied à table et elle verse une bonne soupe de lentilles et de fèves. J'avale deux cuillerées, puis je parle.

Il y a quelque temps, une femme vient me trouver.

Je lui ouvre la porte, elle est intacte, elle arrive tout droit d'il y a vingt ans, une distance qui sur elle a duré le temps d'une course en tram.

Elle veut savoir ce que je deviens, voir si deux extrémités de temps peuvent se rejoindre. Elle sort mes lettres.

Je les parcours pour la première fois. Oui, quand je les écris, je ne les relis pas, je ferme et j'expédie, aujourd'hui comme alors.

Sous le papier jauni, je retrouve mon visage d'avant, avant de changer le monde, et je le sens malléable, encore capable de tout.

Je lui dis que c'est au garçon d'autrefois qu'elle doit apporter le baiser retenu entre ses bras. Qu'elle, elle est encore entière et qu'elle peut en trouver un autre comme ça. En somme, je lui dis : ce n'est pas moi.

Si ce n'est pas toi, ça n'a jamais été toi.

Elle se lève de table, enfile son manteau, sort, calme, splendide, sans un mot. Maintenant encore, je ne sais pas si elle a raison.

Voilà toute l'histoire et Làila demande pourquoi.

Je vois de vieux poètes recevoir des prix pour des vers écrits dans leur jeunesse. Aucun ne dit : ce n'est pas moi. Je ne sais pas faire comme eux. Moi, je dois dire : retire le prix d'une visite de la demoiselle éternelle d'il y a vingt ans, mon oncle. Moi, je suis l'oncle détraqué de celui qui t'écrivait des lettres.

J'arrive seulement à dire : ce n'est pas moi, et à boire le vin laissé dans son verre.

Je mets la main sur celui qui est devant moi et qui est meilleur que l'autre.

Et les lettres ? demande-t-elle. Elle les laisse là.

Tu les as encore ? Je souris, non. Làila caresse le dos de ma main de la jointure de ses doigts.

Aucun geste ne me vient en retour. Je reste calme.

J'aime ce dont tu es fait, dit-elle, une pierre de fleuve.

Je fixe un détail de son visage, j'ai soudain envie de me lever, d'écarter la table, de la rejoindre contre ses hanches. Je reste immobile.

Et moi je te plais, dit-elle, sans interrogation.

Qu'as-tu à faire d'une réponse ? Alors c'est oui, dit-elle.

Mais oui, même à vingt ans je ne me souviens pas d'avoir approché tant de malheureuse beauté, mais ce sont seulement des mots qui ricochent.

Ce n'est pas vrai, mais ça sonne bien, dit-elle.

Et elle se lève pour mettre de la musique et me faire danser. Nous sommes de la même taille.

Je me souviens des bals publics, dis-je, il me manque cette ambiance de fête pour agiter mes pieds autour d'une fille.

Je pose délicatement mon bras derrière elle, je sens tout, même le faisceau de ses côtes. Dans ma main gauche la sienne est du pain frais, je l'approche de mon nez.

Je me balance comme une branche en automne, je perds des feuilles. Tout près, son visage soupire, il ne trouble pas mais suscite des pensées.

Tu penses à quoi, demande-t-elle.

Je regarde tes cheveux, je reconnais le coup de poignet qui les dispose en vagues, je pense que le bois de ta brosse est comme le vent de l'Atlantique qui creuse de longues lames.

Il me semble que nos fronts se rapprochent, je l'écoute maintenant qui me décrit. Elle dit que je suis intransigeant et que ces personnes-là laissent aux autres leur liberté. Personne ne les suit, ainsi font-ils ce qu'ils ont à faire sans se retourner.

Je continue à osciller au son de la musique. Sa voix, un souffle léger, fait pétiller mon sang. Ce sont, non pas sa beauté ni l'occasion, mais ses paroles, et mes narines se dilatent quand nos corps se touchent au centre.

Tu renifles, demande-t-elle. Oui, je renifle tes paroles.

Es-tu vraiment intransigeant ? Moins, bien moins que ça : quand tu penses quelque chose de moi, retires-en un peu, descends d'un degré et je te répondrai « me voici ».

Me voici, dit Làila.

Elle avance son front, une lenteur bouillante, l'appuie contre le mien, ses cheveux flous sur mes tempes au poil court, son haleine qui monte dans mes narines, ma respiration que je ne parviens plus à sentir et nous sommes si proches que nous restons immobiles.

Maintenant, elle pousse ma nuque avec sa main pour écraser nos visages à l'attache de nos bouches.

Maintenant, seuls nos nez respirent.

Puis, c'est au tour de nos mains de s'agiter pour se donner un moment de répit.

Gênés de nous retenir, nous ne disons rien.

J'y vais doucement pour ne pas décharger ma force sur elle. La sienne en est décuplée.

Elle est sur moi, elle frappe ma poitrine de coups sourds. Ainsi abat-on les arbres, un coup pour les fendre et une torsion pour libérer le fer de l'impact. Làila fait résonner ainsi ma poitrine, moi je résiste avec orgueil aussi longtemps qu'un arbre qui mord avec acidité le fer qui le tranche. Alors je m'écroule et elle aussi.

Je perçois sa caresse qui m'essuie. Je dors le temps de quelques respirations.

Puis je cherche mes vêtements, j'habite loin.

Reste, dit-elle.

Si tu veux de la compagnie, oui, sinon je préfère ne pas encombrer.

Je veux que tu encombres mes draps, dit-elle. Puis elle me demande si j'ai envie de parler un peu.

Un peu. Je lui demande pourquoi elle est seule.

C'est pour mon travail.

Tu gagnes ta vie avec la solitude ? Non, avec les hommes, je vais avec les hommes pour de l'argent. Pas dans la rue, je vais à des rendez-vous.

Je me tais, bien sûr, elle n'est pas en train de me présenter l'addition.

Elle me demande si elle me dégoûte. Non.

Comme ça, tu le sais maintenant.

Non, dis-je, maintenant je sais ton intention de me le dire et elle est plus forte que la nouvelle

41

elle-même. Làila, rien en moi n'est comparable
à ça.

Tu ne veux pas, dit-elle.

C'est aussi comme´ça, dis-je.

Peu importe, il suffit que je ne te dégoûte pas.

Nous restons étendus dans une demi-étreinte.
Elle me dit : « Tiens-moi. » Je la prends alors de
mon autre bras et je l'étends sur moi. Je la serre
un peu : ça va un « tiens-moi » comme ça ? Elle
sourit dans un oui tout droit dans mon oreille.

Je vais tomber amoureux de toi, dis-je. C'est
un mensonge, mais je le dis tout de même.

Les hommes ne tombent pas amoureux d'une
femme qui fait ce métier-là, dit-elle. Les clients
non, dis-je, mais ça peut arriver à un escroc de
jardinier.

Nous sommes étendus, elle regarde mon nez,
moi je fixe le plafond.

Je me souviens de nuits sans la moindre feuille
entre mon crâne et le ciel.

Je me souviens de jours et de coups qui suivent le tracé d'une fêlure, ils comptent sur le
hasard pour inventer un moyen de durer.

Celui qui s'enfuit n'a pas le large devant lui,
mais de nombreuses rues barrées. Je me lance
dans des détours, des déviations, la nuit je cherche ce qui est ouvert, je voyage à pied, je mets

cap au Sud. Le monde me pourchasse, même les étoiles sont des chiens sur mes traces. Maintenant avec toi j'attends le sommeil et je pense à ce ciel du Sud.

Quel Sud ? demande-t-elle. Celui du monde, dis-je : le sagittaire, le loup, le centaure, la voile, la croix.

Si je connais les étoiles ? Je les appelle par leurs noms — la confidence m'échappe — mais je ne les connais pas, juste une présentation de loin. Elle sourit : et pourquoi là-bas ?

Une guerre. Laquelle ? Une quelconque, il y en a toujours une.

Les soldats s'entendent bien avec les filles du métier, dit-elle.

Je ne sais pas parler de ça, dis-je.

Tu as un visage plein de ça, dit-elle, et d'un doigt elle le touche et le parcourt. Les visages sont écrits.

Les mains aussi, dis-je, et les nuages, le pelage des tigres, la cosse des haricots et le saut des thons à fleur d'eau, c'est de l'écriture.

Nous apprenons des alphabets et nous ne savons pas lire les arbres. Les chênes sont des romans, les pins des grammaires, les vignes sont des psaumes, les plantes grimpantes des proverbes, les sapins sont des plaidoiries, les cyprès des accusations, le romarin est une chanson, le laurier une prophétie.

Moi, il me suffit de lire ton visage, dit-elle.

Quelle page préfères-tu ?

La dernière, la nuque avec les rides parallèles de mon père. Il y a des hommes, dit-elle, qui racontent des choses intimes après avoir bu. Toi, en revanche, tu es de ceux qui lâchent quelque chose au bord du sommeil.

Sa voix devient rêche, du papier de verre qui frotte du bois, j'ai l'impression d'avoir sommeil, mais je me mets à parler et je sens que je cours derrière mes mots, impuissant à les arrêter. Je m'entends dire : « Il y a en moi ce qui se trouve chez beaucoup d'hommes dans le monde, amours, coups de feu, des phrases pleines d'épines, aucune envie d'en parler. Nous sommes ordinaires nous autres hommes. Ce qui est spécial, c'est vivre, regarder le soir le creux de sa main et savoir que le lendemain sera nouveau, que le tailleur de la nuit coud la peau, raccommode les cals, reprise les accrocs et dégonfle la fatigue. »

J'écoute mes paroles venues à la voix sans moi.

Maintenant elle me demande pardon. Sa voix est de nouveau claire et me fait l'effet d'une eau sur le visage. Elle m'embrasse, s'excuse encore, je ne comprends pas de quoi et ne le demande pas, je la tiens sur ma poitrine jusqu'au moment où je m'endors.

Je pars avec l'obscurité. Au jardin, je travaille à un rythme soutenu pour avoir chaud. Je trace un sentier de pierres le long des rangées de vignes.

Un homme grand, âgé, un Africain, me fait signe du portail. Je vais vers lui, il se présente, me tend la main. Il demande comment je vais, comment va le travail. Je réponds à ce bon usage d'échanger deux mots juste avant d'entrer dans le vif du sujet.

J'ignore ce qu'il a à me dire, en attendant je le fais entrer dans la cabane à outils et je l'invite à boire un café que je prépare sur un réchaud.

Il vient volontiers. Il a des dents faites pour sourire. Ici, il est manœuvre, chez lui, il élève du bétail. Il vient souvent en Italie, jamais pour plus d'un an, puis il rentre. Il suce quelque chose. Ce n'est pas un bonbon, c'est un noyau d'olive. Il aime les olives noires, la force de l'huile qui s'enferme dans un bois dur à ronger, il aime le goût de l'os et il le retourne dans sa bouche jusqu'à ce qu'il soit lisse et sans saveur.

Les olives me tiennent compagnie, dit-il.

Une poignée lui fait une journée.

Le café monte, gronde parfumé dans la gorge de la cafetière. Avant de le boire, il dit une prière, en remerciement. Toi non ? demande-t-il, moi non.

Je prie, dit-il, devant tout ce que je porte à la bouche. Je prie pour lier le jour à son support, comme je le fais avec le roseau près du pied de tomates. Je bénis ce café de l'amitié.

Peut-être est-il plus facile pour un homme venu d'Afrique de lier terre et ciel par une ficelle.

Il tient la tasse blanche dans sa paume grise de pierre.

Nous buvons assis côte à côte sur le banc. Je lui dis que son italien est bon. Il répond qu'il aime la langue plus que tout le reste.

Dure vie ici ? demandé-je. Non, bonne, sans satisfaction du côté des hommes, mais bonne. On sort, on a envie d'échanger deux mots, dit-il, et rien, ici les hommes ne répondent pas. Sans satisfaction, répète-t-il, mais c'est une bonne vie.

J'enlève les tasses, je demande si je peux lui être utile. Oui, dit-il et il me montre les mimosas. Ils sont à leur première floraison, il demande d'en avoir une brassée pour les vendre au détail.

J'en coupe une bonne brassée. Il est content, il demande le prix. Rien, il y en a tant et ça fait du bien à la plante de s'alléger. Reviens tant qu'il y en a. Il veut payer, ne pas avoir de dettes. Alors tu me paieras avec une bouteille à la fin de la floraison, nous la boirons ensemble.

Il s'assied par terre, sort une lame robuste et se met à faire des bouquets. Puis il s'en va, noir plein de jaune, et chaque couleur brille enlacée à l'autre.

Les couvertures laissées dans la cabane me rappellent le lit de Làila. De mon estomac vide remonte la pensée de nos étreintes.

En chemin pour le bistrot, j'essaie de me souvenir. Des bribes seules me reviennent, pour finir par son coude entouré d'une boucle de duvet clair.

Je mets la soupe entre moi et le livre posé contre le demi-litre.

Dehors il fait soleil et dans la salle il n'y a pas le Sud gelé d'hier. Je mange.

La cuillère est amie de la lecture, elle pêche même toute seule dans l'assiette. La fourchette demande plus d'attention.

Je déguste une soupe de pommes de terre aux épices rouges, tout en suivant une aventure de port assaisonné d'odeurs écrites, et je ne remarque pas Làila, debout, attendant que je lève les yeux.

Je la vois au détour d'une page, zut, je bondis sur mes pieds, j'enlève mes lunettes, je lui tends la main, je repousse ma chaise, le livre tombe, bref j'essaie de paraître empressé pour la payer de son attente.

Je ne laisse pas de messages et alors c'est à elle d'essayer de deviner. Attendre un appel après mon travail ? Menteur, dit-elle, elle jette un coup d'œil sur le titre du livre, elle demande une assiette de poisson.

Je la regarde, je dis : « Tu es une merveille Làila, tu mets tes coudes sur la table comme une reine devant le poids de qui tout s'écarte. Tu tiens ton dos droit comme une proue sur l'eau. Que fais-tu à table avec un jardinier ? » À la bonne heure, des compliments, dit-elle, puis elle a l'air ennuyée par quelqu'un qui la regarde, je me retourne donc par curiosité et un monsieur tourne la tête d'un autre côté. Elle dit que c'est pratique d'être avec un homme, un jardinier par exemple.

Je pose le livre sur le bord de la table et je pense qu'on dirait maintenant un signe « égal ».

Elle et moi sommes face à face comme deux nombres avec ce signe à côté. Je ne sais quelle opération nous sommes.

À quoi est-ce que je pense ? Je lui parle du noir, des mimosas, elle s'en réserve une branche.

Elle pose sa main sur la mienne, ça me gêne presque, elle non, elle est reine des hommes.

De longs doigts, une main spacieuse qui ressemble à sa bouche, un poignet plein de volonté. Elle garde sa main sur la mienne, dit que c'est comme si elle prenait une pierre à pleines mains.

Elle dit qu'elle a envie de la lancer contre une vitre et de s'enfuir.

Je ne suis nullement gêné, j'aime depuis cinq minutes une femme qui va avec les hommes, je l'aime d'un olé des yeux.

Ça ne durera pas ? Pourquoi le faudrait-il ? Ça durera ce que ça durera, en attendant j'aime : un peu abruti par des compagnies de livres, des ongles jamais nets, des cheveux courts et gris presque tous là encore, des pieds larges, de bonnes dents, un dos épaissi comme du bois creux, j'aime droit devant, à un demi-mètre, une femme survenue dans ma vie.

Je me plonge dans un passe-temps géométrique : je relie les deux points de ses yeux, je trace une ligne qui va d'un tableau de montagnes en haut à un chat qui dort en bas. Tes yeux relient le sommeil d'un chat à un bois de mélèzes. Je n'y comprends rien, dit-elle. Je lui explique, elle prend l'air désolé : « Tu as encore d'autres manies ? » Oui, celle de savoir à n'importe quel endroit, même à l'intérieur, où se trouvent les points cardinaux. La porte d'entrée est au nord, dis-je en baissant la voix comme pour un secret.

Elle prend l'air complice.

Toi, tu es au sud et j'ai l'impression de retourner là-bas.

Je la conduis au jardin, je coupe une branche, maintenant elle aussi a des flocons jaunes sur elle. Irai-je chez elle après, demande-t-elle. Oui.

Je me remets au travail.

Je suis un peu fatigué, le soleil appuie fort par terre et dispense de l'énergie à mettre dans les outils pour se réchauffer.

Je mets la fatigue sur le compte de ma nuit agitée et j'écarte la pensée de remettre ma deuxième visite chez Làila, je ne supporte pas les économies.

Je bêche pour retourner la terre autour des plantes et faire pénétrer un peu d'air sous l'herbe déchaussée.

Je pense aux jours du Sud pleins de malheurs, gâtés par la mort qui nous détache par mottes, qui en glisse des vivants par milliers dans son sac, aussitôt attrapés. L'amour alors est un échange de fortes étreintes, un besoin de nœud. Et au bout de chaque étreinte, au bout de cette paix donnée, il reste le non-dit d'un adieu endurci.

Il est étrange de se savoir perdus tous les jours sans jamais se dire adieu.

Aujourd'hui ce salut échangé me suffirait. À oublier.

Je bêche et il me semble bêcher des noms. Ici, dans cette Europe, antipode d'Argentine, le temps ne se cabre pas comme un cheval, un applaudissement, une tornade : il s'étend comme une petite pluie fine.

Je n'ai rien de moi-même à protéger ici.

J'obéis à ta drôle d'urgence, Làila, pensé-je, en rentrant chez moi au milieu d'hommes découragés de tant de fatigues dans le train du soir.

Nous sommes rembourrés de vêtements, nous sommes des œufs dans des emballages.

Chez moi, sous la douche, je reconnais que je suis trop poilu pour être un œuf.

Un amour arrive, alors je songe au premier, au moment de reprendre le train.

À vingt ans, je me lance dans quelques vagues amourettes. Avec une fille, j'ai envie d'aller au cinéma, avec une autre d'aller me promener dans une ville voisine. Je les cherche, elles m'évitent, je leur écris des lettres.

Elles me manquent, mais n'éveillent pas d'amour en moi.

Je les oublie en apprenant à escalader des montagnes.

Puis, un été, je rencontre Dvora.

Il y a des créatures destinées les unes aux autres qui n'arrivent jamais à se rencontrer et qui se résignent à aimer une autre personne pour raccommoder l'absence. Elles sont sages.

Moi, à vingt ans, j'ignore les étreintes et je décide d'attendre. J'attends la créature qui m'est attribuée. Je suis attentif, j'apprends à parcourir en un instant les visages d'une foule. Certaines méthodes enseignent la lecture rapide des livres, moi j'apprends à lire une foule au vol.

Je la passe au crible, je la rejette tout entière, pas un grain de ces visages ne reste sur ma rétine. Je sais toujours qu'elle n'y est pas, celle qui m'est attribuée.

Je n'ai aucun portrait en tête à coller sur un visage, non, l'attribution ne dépend pas des yeux, même si je ne sais pas de quoi elle dépend. J'attends de la rencontrer pour en connaître la forme.

Attendre. C'est mon verbe à vingt ans, un infinitif sec sans trace d'angoisse, sans bavure d'espérance. J'attends à vide.

Je rencontre Dvora en montagne. Je suis sur la paroi du pilier de la Tofana de Rozes. Il est midi et ma cordée de deux est arrivée à la section des toits.

Dvora monte une via ferrata en face du pilier. Elle débouche par-derrière et, à un moment, arrive juste en face de la muraille où deux petits hommes sont au beau milieu de la paroi, reliés par une corde d'un centimètre d'épaisseur, qui de loin doit ressembler à une corde à linge.

Je suis face à la roche et j'escalade le deuxième toit. Quand je plante mon pied dessus, Dvora crie son salut, plus limpide que l'air de midi : « Olé ». Sa voix me saisit de dos et je la reconnais, c'est elle, celle qui m'est attribuée, je le sais aussitôt et j'ai l'impression de savoir depuis toujours que ce n'est pas un visage, mais une voix que j'attends.

Je me tourne vers le haut et il n'y a que le ciel, vers le bas et il y a le vide. Elle, du sommet d'en face, relance l'éclat de son olé en levant un bras, moi, je me tords le cou et je vois un petit point de vie tout droit sur un abîme de roches désagrégées.

J'enlève mon foulard autour de mon cou et je l'agite, alors que je suis encore sur la ligne de surplomb et peu importe si mon autre bras souffre de porter pour deux et de ne pas saluer.

Puis je lance en l'air mon foulard rouge qui plane et tombe comme une aile touchée.

Moi aussi je crie olé et mon compagnon me hurle de me dépêcher d'arriver à un point d'ancrage, mais je ne sais dire et faire que olé pendant une minute et crier ensuite le nom du refuge où nous descendons au retour de l'escalade. Et je ne la vois plus.

Nous atteignons le sommet en deux heures, après une violente et rapide ascension. Nous nous jetons dans la descente comme si la foudre tombait, pourtant c'est le début de l'après-midi et il fait grand soleil. Nous arrivons au refuge, elle n'y est pas. Mon compagnon s'en retourne dans la vallée. Je reste assis, le dos contre la porte, car j'attends la voix.

Et elle arrive. Voilà Dvora, je sens des abeilles dans mon sang, un ours dans mon cœur, chaque battement est une patte qui démolit la ruche.

Elle me donne sa main et moi je sais que je ne la lui rendrai plus.

Dvora, une Argentine, voyage en Europe en récompense de son diplôme.

Dvora, légère dans de gros souliers de vieux cuir basané, une main rougie par le câble de la via ferrata, des cils blanchis par le sel de la sueur et un sourire fixé sur mes cheveux agités par un vent secret qui leur est propre même à l'abri.

Je viens avec toi, Dvora.

Elle dit : montons sur la Tofana de Rozes.

Oui, demain matin, par la via ferrata qui passe par la grande chambre d'explosion de la mine du Castelletto. Des histoires de première guerre, quand on a envoyé les soldats s'arracher des centimètres de montagne avec des efforts de géants. Ce sont des centaines de mètres à parcourir dans un trou qui se visse en hauteur et où il faut une lampe frontale de mineur.

Je fais le mouvement de la lumière sur la tête. Comme Moïse, dit-elle, elle rit, elle fait olé.

Nous dormons au refuge, nous nous étendons chacun dans notre sac, côte à côte. Nous nous tenons par la main, nous nous endormons aussitôt.

Le lendemain nous entrons dans la paisible obscurité d'une grotte creusée dans un plafond.

Je parle à Dvora des moteurs des excavatrices qui avalent de l'air et crachent de la poussière.

Je parle des garçons qu'on envoyait là-haut pour tomber dans des crevasses et sous des balles, pour rouler en bas sous l'effet de souffle d'une bombe, ayant vécu pour offrir des yeux aux corbeaux.

Dvora écoute, respire, monte derrière moi attachée à l'autre bout de la corde. Par une fente ouverte pour laisser échapper l'explosion, nous mesurons la hauteur atteinte et reprenons haleine.

Nous sortons de la galerie sur les glacis de la paroi ouest à l'ombre et nous remontons avec la détente d'un élastique dans les jambes. Le cou cherche la hauteur après tous ces mètres la tête baissée.

Nous passons sur des terrasses de pierre, au milieu de restes de tranchées où de jeunes hommes d'un siècle encore enfant rêvent de vieillir avec lui, comme moi à présent je rêve de vieillir avec Dvora. La guerre, c'est quand les jeunes rêvent de devenir grands-pères.

Il y a des pierres noircies par des feux de bivouacs. Nous mettons nos pas dans ceux d'une jeunesse transformée en bois et en barbelé.

Nous remontons la Tofana dans sa largeur, au-dessous de nous s'enfonce la vallée Travenanzes, qui prend sa lumière d'en bas, du blanc de son torrent.

Dvora me demande les noms, elle les répète avec plaisir, savourant une primeur.

Le dernier passage de la via ferrata est un câble équipé qui arrive à la base de la pyramide terminale.

Au sommet de la Tofana, Dvora me donne un baiser et m'appelle novio, époux. Et moi je suis plus heureux qu'un lièvre de mars. Elle m'appelle bashérte qui, dans une de ses six langues, signifie : personne destinée à quelqu'un. J'aime les noms de l'amour et je l'appelle aussi novia et bashérte.

Et nous dormons dans nos sacs, chacun dans le sien, mais nos têtes toutes proches. La nuit nous nous donnons un coup de crâne qui nous réveille, ouillouillouille et nous éclatons de rire.

Un amour de noces entre nous n'arrive qu'en Argentine.

Je suis de nouveau devant la porte de Làila, avec une bouteille sous le bras et une pensée que je brûle d'exprimer dès l'entrée. Je lui dis donc aussitôt que c'est la fin février et que l'abricotier est déjà en fleurs. Le froid gèlera ses pousses et il ne donnera pas de fruits.

Pour plaisanter elle demande si c'est grave que le propriétaire du jardin soit privé d'abricots. Non, dis-je, mais je déplore mon impuissance à retenir l'arbre. Je suis jardinier et je ne sais pas l'aider à freiner sa hâte de fleurir en hiver. Et puis je me sens responsable du jardin.

« Comme si tu étais Adam », dit-elle pour conclure.

Je lui donne la bouteille, elle me la rend avec un tire-bouchon, va vers la cuisinière pour tourner la sauce. Le dos élancé, la courbe d'un fouet dans l'épine dorsale, les bras et les épaules qui se détachent du tronc, quel bel arbre tu es, dis-je, la tenant entre les feux et moi. Tu vois des plantes partout, dit-elle, sans chercher à se dégager.

Tomberais-tu amoureux, jardinier ?

Non, je deviens seulement un peu bête.

Et c'est comment ? Beau.

La sauce et une poignée d'origan annoncent déjà l'été. J'en prends une pincée que je respire pour avertir mes sens. Làila m'applique un baiser de joie, rapide et sonore. Elle porte sur ses vêtements une essence d'amande.

J'émiette sous mon ongle une petite épice rouge, je la répands sur l'assiette tout en lui

57

demandant si notre écart d'âge ne la gêne pas. Au contraire, il n'est pas suffisant, dit-elle, tu réveilles l'enfance dans mon corps, quand j'embrassais les grandes personnes pour la seule joie de l'étreinte.

Et toi, ça ne te dérange pas ? demande-t-elle.

Je vois chez les personnes jeunes la douleur d'aimer peu, dis-je. Toi, tu ne portes pas cette mélancolie sur ton visage. Mais je fais attention de m'adresser à toi sans t'écraser les pieds. Pas comme si on dansait. Comme sur un sentier de pierres où l'herbe a poussé dans les interstices. Elle est forte, mais j'essaie tout de même de ne pas la froisser et j'avance prudemment. Dans les maisons musulmanes on laisse ses souliers dehors, c'est ce que je fais avec toi.

Nous mangeons doucement, en silence.

Devant la nourriture, mes gestes se font plus lents. Làila se met à mon rythme et je vois son adagio prendre une grâce intense. Mon désir de la toucher s'accentue.

Puis je sens que sa voix s'effrite, comme les sons au seuil du sommeil. Je l'entends me demander quelque chose et je lui réponds d'une seule partie de moi-même. L'autre, dans laquelle je me trouve, écoute la voix s'en aller, sans gouverne.

Je commence par une musique, puis viennent des phrases d'une vie lointaine et je suis impuissant à les arrêter.

Ils nous massacrent tous, nous, ceux de la révolte.

Nous giclons d'une cachette à l'autre.

Nous portons sur nous l'odeur de la peur. Dans la rue, les chiens le sentent et nous suivent.

Dans la fuite nous cherchons une vengeance.

L'Argentine arrache une de ses générations au monde comme le fait une folle avec ses cheveux. Elle tue sa jeunesse, elle veut s'en passer. Nous sommes les derniers.

Je suis ici depuis des années pour aimer une femme et maintenant je suis en guerre.

Des coups de feu éclatent à un barrage de police. On nous arrête, nous avons des armes. Nous sommes deux, lui blesse un policier et aussitôt une décharge lui transperce la gorge et il meurt à mes pieds.

Son visage est béant sous l'effort. Son visage me donne de la force. Je sens le relâchement de ses intestins et c'est cette puanteur qui me pousse dehors.

Je quitte mon abri, derrière la voiture, je vise la cachette des deux policiers, leur rafale s'enraie, je suis sur eux, je tire sur un corps qui tombe sur un autre, blessé, je vois le visage terrifié d'un jeune garçon, ce n'est plus un ennemi, je ne tire pas sur lui, je m'enfuis.

Tels sont les jours, des jours de course.

On vole de l'argent dans une banque pour continuer à courir.

Avant d'en finir, je vais tirer sur un colonel, un seul coup au milieu de la foule d'un trottoir de dimanche. Aujourd'hui encore, je ne sais s'il est vivant ou mort. Puis je vais vers le Sud, là où les terres se resserrent, où il est stupide de fuir.

Ils cherchent ailleurs les derniers d'entre nous.

Je suis dans un bar à matelots et j'apprends à me mouvoir dans le vacarme perpétuel du vent du bas Atlantique. Il couvre, cache, assourdit, ne donne pas envie de parler.

Je ne suis pas pressé, j'ai mis les vêtements du marin qui attend de s'embarquer et qui boit.

Le patron a un nom italien, de ses grands-parents d'Otrante, autre espèce de terre finale au milieu de l'eau. Il me demande quand je pars. Il y a un bateau de pêche à la baleine qui va aux Malouines.

Je suis au fond du sac de ma vie, chaque jour est bon pour en être rejeté.

Le patron veut que je m'en aille. Peut-être cherche-t-il à m'aider. Il s'arrange pour me faire embarquer comme mousse sur un bateau ir-landais.

Avant de monter à bord, je me débarrasse de mes armes.

Pour la première fois depuis des années je sens mes vêtements légers, mes mains distraites, le vent frappe et peut me prendre dans ses bras. Sans armes, je ne pèse plus rien.

Je monte sur la passerelle, je ne pense à personne, je suis la dernière feuille de l'arbre et je me détache sans être poussé.

Je ne pense pas à la jeune fille aimée, suivie jusqu'à faire partie de son pays.

Maintenant je sais qu'elle est au fond de la mer, jetée au large du haut d'un hélicoptère, les mains attachées. A vécu pour moi, est morte pour offrir des yeux aux poissons.

Je monte à bord et avant le départ je passe deux jours muni d'un pinceau, de vernis et d'une brosse de fer pour gratter la rouille salée.

J'apprends les noms des dix hommes et leur goût pour les oignons. L'un d'eux les mange en les croquant comme des pommes.

À la sortie de la baie, le vent n'est que force pure, il émiette les vagues et trempe les barbes.

Je dors dans un hamac suspendu aux poutres de la cale, je me balance au-dessus de la salle des machines.

J'ai quarante ans et un sommeil dur qu'il faut bourrer de coups de pieds pour l'interrompre.

Ils m'appellent le mort, personne ne dort là où moi je le peux.

Nul ne sait depuis combien de vie je ne dors pas.

Le voyage est une tempête acharnée, le moteur à son régime le plus bas, uniquement pour corriger la dérive.

On pêche mal, avec une fatigue décuplée. Le filet arrache les poissons aux vagues avec plus de difficulté et il se déforme, les marins en perdent le sommeil.

La bière après le vent semble douce.

Le dimanche, ils prient, ils sont catholiques.

Le capitaine a des trous d'éclats sur la figure. Un des hommes a dû se battre avant de prendre la mer.

Ils m'emmènent avec eux parce que moi aussi je pue la guerre.

Je paie mon voyage en travaillant, mais ils n'ont pas besoin de moi.

Il est entendu qu'ils me laisseront aux îles. Le seul livre est la Bible. Je la lis dans une faible lumière, dans une coque de fer, dans une haute mer.

Je m'attache à David qui plante une seule pierre dans le front du colosse et un seul livre, les psaumes, dans la bouche du monde.

Je ne crois pas aux écrivains, mais à leurs histoires, c'est ce que je réponds à un marin criblé de taches de rousseur qui me demande si j'ai foi en Dieu.

On nettoie le poisson, on le congèle, on reste en mer un mois et demi.

Quand je débarque à Soledad, je ne sais plus marcher. Sans la mer sous mes pieds je suis en déséquilibre, et il me manque le vent qui remplit les oreilles d'oubli. Je suis sur un sol anglais.

Je m'arrête dans une auberge, la femme est la veuve d'un pêcheur de baleines, elle s'appelle Maria, Maria Delsol.

Je lui sers de cuisinier, j'entretiens le potager, je surveille les moutons gonflés de laine.

La nuit, nous faisons du bruit. Maria est forte comme une chaloupe investie par une mer contraire. Moi, je suis debout et je pousse sur les rames.

Les pêcheurs rient et boivent avec moi une bière trouble, le soir, Maria les insulte, mais elle écoute leurs plaisanteries. J'échange du poisson contre du fromage.

L'île est humide, elle a des étangs où macèrent du charbon et des plantes.

Pas un seul arbre, le vent fauche comme un jardinier, rien que de l'herbe courte, un cal de lichens et du musc sur les bosses. C'est de la terre frottée.

La lèvre des moutons est forte pour arracher le poil court et dur du pâturage.

Les oiseaux de pêche trouvent en l'air leur point d'arrêt, puis se détachent de l'immobilité du ciel et frappent dans une vague.

J'attends. Je n'ai rien à demander au temps.

Il y a plus de bêtes que d'hommes, plus de femmes que d'hommes, tout est en nombre supérieur à un homme.

Et les années se succèdent, moi je travaille, j'apaise Maria, je ne touche pas un sou, je n'y pense pas.

À la radio, je réentends une chanson d'Argentine, le jour suivant c'est l'invasion.

La voix de Làila m'interrompt, elle résonne dans les deux parties de ma tête.

Je comprends que j'en ai beaucoup dit. Je bois alors un verre pour étancher ma soif et me taire.

C'est de ma faute, dit-elle, je t'ai obligé à parler.

Tu sais faire ça, dis-je.

Oui, elle le fait avec sa voix, une voix seconde qui délie.

Que t'importent mes affaires, demandé-je.

Je les aime, dit-elle. C'est mon métier de faire parler les hommes, je chipe des informations dans leurs têtes. Avec toi, j'écoute sans but, j'écoute et j'apprends à aimer la vie qui est écrite sur ton visage.

Tu tiens les hommes dans ton poing, dis-je.

C'est ton poing que j'aime, répond-elle.

Je ne t'en donne pas un coup sur la tête parce que je suis devenu idiot. Elle rit.

Ne me soutire plus d'histoires, si je ne peux pas les garder, il vaut mieux que je les raconte bien éveillé.

Je dois partir demain, dit-elle.

Demain, dis-je, et que sais-je de demain ? Ici, il y a tout l'aujourd'hui qu'il faut. Je me lève, je la soulève dans mes bras et je l'étends.

« Tiens-moi, jardinier, tiens-moi. C'est tout ce qu'il me faut. Tiens-moi. Et ne me demande rien. »

Je ne saurais pas quoi.

Fais comme avec Maria, dit-elle.

Et toi, fais comme Làila.

Et rien n'est assez fort pour nous détacher maintenant.

Puis viennent les jours sans.

Selim vient au jardin pour le mimosa et pour parler un peu de son pays où l'on va pieds nus et c'est pour ça qu'on parle volontiers.

Quand on met des souliers on ne parle pas, c'est ce qu'il pense de nous. Sans la plante des pieds nue sur le sol, nous sommes isolés, dit sa langue qui doit avoir une arête intérieure en argent pour être aussi sonore.

C'est la vérité, dis-je, c'est un pur amen : toute notre histoire est une chaussure qui nous détache du sol du monde. La maison est une chaussure, comme la voiture, le livre. Aller aussi loin me fait sourire : qu'est-ce que tu vas chercher, jardinier ?

Je lui demande où il habite, avec l'idée de pouvoir l'héberger. Il répond qu'il vit dans une maison abandonnée, sans portes ni fenêtres, et ça, il l'apprécie.

Il dit : ici, chez vous, on bâtit avec l'eau de la

terre. Vous prenez de l'eau d'un puits, d'une fontaine, d'un fleuve. Chez nous on bâtit avec l'eau du ciel.

Nous la recueillons et quand nous en avons un peu, nous la gâchons avec la terre. Nos maisons sont faites de pluie, ce sont des nuages plutôt que des maisons.

Et Selim rit, il rit des maisons du monde.

Je me sens détaché de Làila, pas de la terre. Je suis toujours dessus, les mains dedans.

Selim veut payer, avec son bénéfice.

Laisse tomber, sans toi la floraison serait encore là, dans un jardin fermé. Toi, en revanche, tu es l'adjoint du vent, tu la répands au loin, tu l'épingles sur la poitrine des femmes. Je serais un exploiteur si je prenais un pourcentage sur le vent. Tu me paieras un coup à boire un soir où il n'y aura plus de jaune à couper.

Il m'accompagne à la table de midi, il me salue. Il va en Sicile pour la récolte des petites tomates, les tomates cerises.

Je lui dis qu'il suit la terre.

Je suis la tienne qui court sous les saisons alors que la mienne est immobile, dit-il en riant.

Il a un peu de pollen jaune dans ses cheveux gris, le mimosa lui montre son affection.

Et dans sa main il a le rouge à boire de son verre et le blanc de ses ongles. Bref, Selim est bien en compagnie des couleurs. Je pense que c'est ça l'élégance.

Puis il trempe son pain et dit : « De bonnes rencontres se sont produites à force d'aller au-delà des mers. La pomme de terre d'Amérique a trouvé l'huile des olives et la tomate a fini sur le blé. »

Il mâche avec plaisir. Je pense à son dos sombre penché sur le rouge et le vert des plants de tomates, sous le soleil qu'il va porter sur ses épaules dix heures par jour et pour la moitié d'une rémunération normale. Et à la fin je lui dis que c'est un honneur pour moi d'être à sa table.

Je tangue dans le train du soir, à la fin d'un après-midi alourdi par un verre de trop.

À la maison, je croque de l'ail cru avec des tomates. Un œuf dur écalé brille un instant dans le creux de ma main.

Avant que mes pupilles se renversent dans le sommeil, mes pensées se tournent vers Làila. À peine a-t-on partagé une ou deux cuillères de sel avec une personne qu'on en est déjà au stade de l'amour. Mais avant de se livrer, on devrait manger une marmite de sel ensemble.

Je suis avec elle comme en Argentine, sans lendemain. Dans ses étreintes mon nez retrouve la tourbe de l'île de Soledad.

Je ne sais même pas si je suis encore recherché pour le compte de ces années. Il n'y a plus de petits soldats au gouvernement, mais les lois sont bizarres et on oublie sans doute qu'elles sont en vigueur, comme ça, par distraction.

Qui sait si Maria paie une rançon pour mes testicules ou s'il lui suffit de me maudire.

Je n'arrive pas à dormir, je me lève pour faire du café et regarder derrière les carreaux : tout au bout des kilomètres, pas même dix, la mer.

Il fait nuit aussi quand je quitte l'île de Maria et que je prends le bateau pour remonter les parallèles du retour.

Je n'emporte rien avec moi, à part l'argent empoché en échange d'ambre gris, caché sous des crottes de mouton pour couvrir son odeur de musc.

Je vomis dès les premières vagues, c'est tout mon adieu.

On monte vers la panse de l'équateur, plus on s'en rapproche et moins le corps fait d'ombre à midi.

Une superstition m'obsède : que celui qui n'a pas d'ombre n'a pas non plus de passé.

Pendant des jours je reste au soleil pour la voir disparaître.

Je recommence à partir de la ligne d'équilibre entre la nuit et le jour.

Les marins fêtent le passage du parallèle zéro. Nuit de beuverie à bord, la mer pousse par l'arrière en de longues lames, le bateau descend.

Les marins suent l'alcool.

Je suis un passager, je voyage à mon compte. Mais je casse le nez de l'un d'entre eux qui veut se passer un caprice avec l'aide-cuisinier, un jeune créole des Antilles.

J'ai tort. Les hommes doivent être laissés à leur démon et certains endroits ne sont pas faits pour les garçons. Il y a des nuits où les hommes sans femmes s'arrangent entre eux.

Le garçon s'enfuit devant moi, l'homme qui est derrière lui l'attrape, il hurle, il n'y a que moi alentour, voilà que je m'en mêle, l'autre sort un couteau, moi je sais quoi faire, je l'arrête, je lui lance mon coude en plein visage et il s'écroule comme une masse.

Je passe alors le reste du voyage à dormir le jour et à rester debout la nuit pour ne pas me réveiller la gorge tranchée.

Le jour suivant, je lui fais rendre son couteau par le capitaine qui jure contre moi et qui me grogne de me mêler de mes affaires.

Je suis à une fenêtre de l'autre côté de ce monde et de ce voyage, pourtant il me suffit de savoir qu'il y a la mer au bout de la ligne droite de la nuit pour retrouver le goût de l'insomnie de l'Atlantique.

Les premières nuits, je reste éveillé sur le pont pour regarder le blanc de la lune sur le lisse de l'eau. Si le marin songe à m'égorger, il attendra les nuits sans lune.

Pendant des jours, je croise son visage sombre d'affamé, au nez violacé du sang qui s'est écoulé des vaisseaux.

Je lui fais comprendre que je me méfie, que je le crains.

C'est un léger dédommagement, une satisfaction. Parfois ça peut suffire.

Le garçon reconnaissant veut rester avec moi. Il frappe la nuit à la porte de ma cabine, m'apporte une part de tarte, un café épicé. Que des hommes perdent la tête et tout sentiment de honte pour de jeunes garçons, je peux le comprendre, mais pas l'inverse, des garçons pour des hommes.

Il me raconte que le cuisinier l'a vendu au marin la nuit de l'équateur. Et il dit que personne n'a défendu son corps et sa vie depuis qu'il est né. Qu'il est mon débiteur pour tout, même pour l'amour.

Je sens déjà l'air du Nord. Lui est le Sud avec lequel j'ai été lié par l'amour, la guerre et la fuite pendant vingt ans. Ce Sud-là n'existe plus pour moi.

Je lui dis que son empressement est plus que le merci qui me revient et que l'amour n'a rien à voir avec les dettes.

Il demande s'il peut venir avec moi quand nous débarquerons en Angleterre.

Je ne sais pas de quoi vivre, je ne sais plus rien du Nord, ni comment s'y débrouiller, mais s'il en a assez de la mer, il peut venir avec moi.

Il demande à entendre un oui. Oui.

Je pense à présent que Làila et moi n'avons pas encore un oui ou un non derrière nous. Et on ne peut pas être deux sans les oui et les non.

Nous descendons après cent parallèles de latitude, une fois le monde renversé.

Le débarquement a lieu à Londres et on se débrouille. Je travaille dans une menuiserie, lui dans un bar le soir. Il rentre quand je dors, le matin il se lève pour préparer mon café, pour échanger un bonjour.

Le dimanche, nous marchons dans les parcs, nous écoutons des musiques du Sud.

Il me demande : « Si j'étais une femme, tu m'épouserais ? »

Certains soirs il ne rentre pas. Il travaille dans un bar mieux fréquenté. Il a une proposition pour aller vivre avec un homme.

Je lui dis qu'il est temps pour moi de reprendre une activité en Italie. Il m'accompagne au train le soir de mon départ.

Il retire pour la dernière fois un peu de sciure de ma tête. À ce moment seulement, je m'aperçois que j'aime cette sollicitude, que je l'ai acceptée en laissant sur moi ce saupoudrage du travail.

Je souris de moi qui m'arrête à l'écorce des choses et qui ne comprends même pas ma complicité face à son empressement.

Avec son pouce, il trace un signe de croix sur mon front et dit : « Trouve l'amour. »

Et toi, fais-toi respecter par les hommes. Tu es un garçon loyal, tu as des yeux noirs qui ne savent pas dissimuler.

Nous nous saluons, chacun de nous se retourne et va se glisser dans la foule des inconnus qui enveloppe tous les adieux.

Et je pense maintenant que je dois cesser de perdre des gens.

La vitre s'embue sous les regards. J'appuie mon front là où sa croix m'a touché et d'un endroit du bout du monde, à plus d'un an de distance, j'appelle à haute voix son souhait de bonne nuit.

Des jours passent sans Làila.

Je lis une lettre d'Argentine, d'un ami, sorti de prison depuis peu. Le monde, celui de mes années au Sud, crache ses dernières dents.

Il écrit : « Je dois apprendre à marcher en ligne droite, je dois comprendre que les pieds emportent. »

Le monde se raccommode d'un côté et d'un autre il met dans le pétrin des jeunes de vingt ans tout neufs.

Je finis de lire la lettre à la table du bistrot, je la plie et ferme les yeux un moment.

« Que fait un homme, il dort ? »

La voix de Mimmo me fait rouvrir les yeux. Bienvenu, non, je ne dors pas, je pense à cette lettre. Je la lui donne.

Il s'assied, derrière lui se tient une femme, je la vois seulement maintenant, je m'excuse, je me lève, je me présente. Elle sourit et nuance sa voix d'un peu de sympathie.

On s'assied, il lit, et j'explique à la femme la lettre, le retour à la liberté d'un ami sorti d'une prison d'Amérique du Sud.

Bonnes nouvelles, dit-elle.

Mimmo me redonne la lettre. Il me demande pourquoi je mets des pierres dans la vigne, à quoi sert un sentier inégal entre les rangées.

Ce n'est pas pour marcher dessus, dis-je. Les pierres absorbent le soleil dans la journée et le restituent la nuit. L'été, cette chaleur préserve le raisin de la rosée nocturne et l'empêche de pourrir.

Il me demande d'où je tiens ça.

De l'Argentine de ma jeunesse, des vieux Italiens de jadis capables de faire du vin dans les potagers de Buenos Aires. Maintenant il n'y a plus de vieux Italiens, ni de nouveaux. Maintenant ce sont tous des Argentins.

Un ancien, un grand-père qui n'a pas de petits-enfants, m'instruit. Il vit en Argentine depuis que dans l'Apennin on taille son bois de chênes pour en faire des traverses de voies ferrées. Il fuit ce monde qui efface les siècles des montagnes pour les mettre sous les roues des chemins de fer.

Lui, il entend le bois coupé crier vengeance aux étoiles la nuit. Quand la chaudière de la locomotive explose, on accuse les anarchistes. Il s'enfuit de ce monde-là. Il emporte avec lui un petit mortier de grès et le pilon de hêtre pour faire le « pesto », des graines de basilic et un bouquet de cépages d'Erbaluce avec lesquels il tente une pergola dans l'humidité du quartier Palerme de Buenos Aires.

La femme m'écoute attentivement. Pour elle, ce sont sûrement des fables. Mimmo aussi reste volontiers silencieux.

Je continue donc. Grand-Père m'apprend à dépecer le cochon. Il le sale sur une planche en bois de saule, il met de l'ail, du poivre, du vin où il faut. Et la bête à peine égorgée, il recueille le sang chaud, le fait frire, spongieux, et il le mange pour se donner du cœur à l'ouvrage qui doit être fini dans la journée.

Ça la dégoûte. Je ne le lui dis pas, mais moi non plus je n'arrive pas à avaler cette chose-là. Plus personne n'y arrive. Mais si tu veux une place parmi les anciens, il te faut reprendre un peu de leurs coutumes, de leur jeunesse, ne serait-ce qu'un pas de danse un jour de fête si tu ne peux vraiment pas tremper ton pain dans leur soupe.

Ça, je ne le dis pas à la femme et je me tais. Elle regarde mon front et dit : encore.

Je parle de Grand-Père en train de raconter des histoires de femmes hindoues qui, lorsque se lève un vent de tempête, sortent les seins nus pour l'arrêter.

Je parle de Grand-Père en train de frotter sur ses paupières la première violette poussée à la fin de l'hiver. Puis je ne dis plus rien.

Mimmo me parle de lui.

Il arrive d'un voyage sur une des lignes de frontière de la guerre entre Croates et Serbes. Dans un minuscule petit village sur le front, deux Italiens ont apporté, on ne sait comment, un four à pain, une belle machine.

Chez nous, il y en a qui sont capables de se faufiler n'importe où. « Je rencontre un vieux Croate qui a été longtemps ouvrier en Autriche. C'est l'un des nôtres d'autrefois, de ceux qui savent réparer une machine en fabriquant la pièce de rechange, qui savent aussi faire le fromage, construire une maison et faire le vin. »

La femme, magnifique, garde le silence, appuie son menton sur ses poings, et rien qu'ainsi elle encourage. Elle offre son écoute, son envie et son temps.

Je la regarde un peu alors que Mimmo dit : « Huit fils, le dernier touché à la tête dans le champ près de la maison, un coup de feu qui lui a brûlé les cheveux, tiré à bout portant. »

Le vieil homme lui raconte comment la guerre peut être séduisante au début. Dettes, vols, prêts, contrats, la guerre brûle tous les papiers. Pour certains c'est comme une amnistie, pour d'autres une occasion de vengeance.

Puis les maisons commencent à brûler, avec les enfants dedans, et tout le monde y perd quelque chose.

La guerre a duré quatre ans dans ce petit village. La vigne qu'il avait plantée est encore pleine de mines et les grappes d'été éclatent comme les tétines des vaches quand on ne les trait pas. Elles enivrent les guêpes.

L'hiver, il prie la neige d'ensevelir la terre et puis il prie le gel de la durcir afin de pouvoir marcher dessus pour tailler.

Tout autour les champs sont immobiles, les mines attendent les pas.

Comment grandissent les enfants avec tant de terre interdite autour d'eux ? demande la femme, mais sans attendre de réponse.

Mimmo laisse un peu de place vide après la voix de la femme, en signe d'agrément.

Il répond que les femmes attachent les enfants quand elles doivent sortir et les laisser seuls.

La femme sait, sur moi et sur l'Argentine, ce que lui a dit Mimmo. Elle est jeune, mais pas une toute jeune fille, et elle cherche à savoir si je pense avoir été utile.

C'est un adjectif pratique, qui me plaît dans sa bouche, mais il ne me concerne pas. « On se trouve aussi dans une guerre par honte de rester à l'écart. Et puis un deuil te saisit et t'y maintient pour être soldat de rage. »

J'aimerais en savoir plus, dit-elle.

Je ne peux parler qu'avec brusquerie, sans donner satisfaction aux pourquoi. Je sens qu'ils ne sont pas de mon ressort, mais de celui qui viendra après et qui, lui, s'il en a envie, cherchera par curiosité et par miséricorde. Moi je n'en ai pas.

« Je ne comprends pas pourquoi vous n'avez pas de pourquoi face à votre histoire. Il me semble qu'avoir une histoire et renoncer aux pourquoi est un gâchis. »

Je renonce, parce que, sur tant de vies perdues, les pourquoi sonnent comme une justification, ils s'affichent atténuants. Je ne sais pas atténuer.

« C'est dommage. Je connais l'un des vôtres qui s'est battu et qui ne parle plus, il ne répond pas. Vous gardez vos raisons pour vous. »

C'est comme ça, dis-je pour ne pas la laisser seule alors que Mimmo déplore le voile de reproche de sa voix. C'est comme ça, nous ne savons pas faire face à une question. Nous sommes le restant d'une réponse. Nous, dis-je, et je ne sais qui je suis en train de mettre dans cette conserve de nous.

J'avale ma salive dans ma gorge et j'y noie ma voix.

Mimmo vient à mon aide, dit qu'un bout d'explication m'a échappé.

Non, Mimmo, elle n'est pas valable pour elle, elle ne suffit qu'à moi. Et à elle je dis que je reste son débiteur. Et je lève mon verre pour le boire d'un trait, je le vide lentement et je m'essuie la bouche, ce qui veut dire que pour moi la conversation est terminée.

On se lève, on se serre la main.

L'après-midi, je dois peindre les troncs des arbres au lait de chaux. Je dis à Mimmo que la lune sera là cette nuit et que, s'il se met à la fenêtre, il pourra voir un bois de fantômes.

Je passe plusieurs jours à travailler dans un autre jardin. Je dois retirer des pavés de pierre brute et massive, ramener le sol à la lumière et le transformer en terre cultivable. Cent mètres carrés seulement, mais la base est solide et les pierres sont fixées à une dalle de ciment et à un filet métallique.

Je dois la casser en morceaux avec une masse de fer. Je transpire, je m'écorche les doigts et les jointures, le sel affleure sur mon corps.

Je me réconforte avec des pommes et du fromage épicé.

Sous la croûte de pierre la terre est morte, épuisée par l'obscurité. Elle est brûlée par la chaux.

Il lui faut de l'oxygène et de la lumière. Le salin absorbé doit être corrigé par du terreau acide.

En attendant, des jours durant, je frappe avec la masse et le manche de hêtre vibre à chaque coup.

Quand je prends un rythme régulier, j'arrive aussi à me regarder de l'extérieur de mon corps.

De l'intérieur, je sens les coups et les bouffées d'effort, un souffle à l'entrée quand je lève le fer, un autre à la sortie au moment où je l'abats sur la pierre.

Le petit soufflet du corps cadence son allure en cinq temps : deux pour élever la masse, un suspendu en l'air, deux pour l'abattre sur le sol.

De l'extérieur de mon corps, je vois un homme de cinquante ans qui frappe à la porte de la terre pour la faire tomber, pour ouvrir une brèche dans son giron bridé.

J'entasse dans un coin de la ferraille enchevêtrée dans des blocs de ciment, puis je la charge sur un camion qui l'emporte.

À la fin, je suis sur la terre découverte.

Elle est grise, je la retourne par effraction, je la repétris avec du crottin de cheval et de la terre de châtaignier.

Je l'étends bien peignée sous un soleil de fin d'hiver qui l'embrasse tout entière et la fermente.

Les jours se passent comme ça. Le soir, chez moi, j'écrase des tomates crues et de l'origan sur des pâtes égouttées et je grignote des gousses d'ail devant un livre russe. Il rend mon corps plus léger.

C'est ce que doivent faire les livres, porter une personne et non pas se faire porter par elle, décharger la journée de son dos, ne pas ajouter leurs propres grammes de papier sur ses vertèbres.

En fin de soirée, Làila est un souffle dans le mien chargé d'ail sur le bord du sommeil.

Je pense aussi à Selim qui prie à chaque adieu du jour. Il y a des humilités qui grandissent un homme.

Je retourne travailler dans le jardin de Mimmo. Je trouve un billet de sa main, une femme est venue me trouver et il a refusé de lui donner mon adresse devant son insistance.

C'est Làila, je pense l'appeler dans la soirée. Mais elle entre en trombe dans le restaurant à midi, moitié en colère, moitié heureuse, ses cheveux fraîchement lavés, peut-être encore mouillés, relevés en écheveau branlant.

Elle me souffle des mots au visage, un chatouillis au coin de l'œil. Tu ris pourtant ? Elle proteste et puis sourit.

Elle ne veut pas s'asseoir, je reste donc debout moi aussi, deux jours qu'elle me cherche, elle est furibonde et joyeuse, elle me corrigerait bien à coups de pieds et de baisers, dit-elle, elle mord avec rage dans un bout de pain, ce n'est pas ma main, dis-je.

Alors tu verras ce que je fais à ta main et au reste quand il n'y a pas de témoins. Elle m'insulte et avale, puis se tourne pour sortir et m'ordonne d'aller chez elle après mon travail sans passer à la maison, et elle s'en va, moi je m'assieds et je suis pris d'une crampe à l'estomac, je le sais, mon corps aime cette femme, il mord pour le dire et il appelle.

Je me dois d'obéir à ses braiements, même si je me traîne derrière sa queue.

Je passe le racloir de ma paume sur mon visage, je m'adresse à moi-même : nous ne sommes pas égaux, toi tu es un vieux squelette, moi je suis le dernier de tes locataires et je suis lent.

Toi tu t'entêtes comme l'ânesse sous Bilam face au premier ange. À cette différence près : moi je ne suis pas ton maître et je ne brandis pas de bâton pour te faire avancer.

Je te le dois, pour le poids que tu portes et pour le risque, et aussi parce que jamais ta patience n'a eu le moindre écart.

Je retire ma main de mon visage et je la place à l'entrée de mon œsophage pour nous mettre d'accord. Mon corps aime Làila, alors moi aussi.

Ainsi se calme le nerf qui s'est tendu à son arrivée, sous le coup de sa voix et de sa disparition brusque, parfumée.

Parfois, pour mettre deux pas bien en ligne l'un derrière l'autre, j'ai besoin d'écrire un contrat avec moi-même.

Chez Làila c'est la gaieté, elle a mis des fleurs même sur elle.

Je lui demande quel engrais elle utilise pour qu'elles soient aussi belles et j'en touche une, peinte sur sa robe.

C'est toi le jardinier, devine.

Il faut la faire bouger un peu par-dessous et la renifler, et je mets mes doigts entre sa peau et l'étoffe du décolleté. C'est pour ça, l'idée de mettre une robe à fleurs, pour attirer les abeilles et les jardiniers ?

Je retire mon doigt et je souffle dessus feignant de m'être brûlé. Et nous commençons par des plaisanteries avant de nous concentrer dans nos étreintes.

Les jeunes ont l'air absorbé et réfléchi en amour, les vieux le prennent moins au sérieux et se laissent chauffer le sang par les rires. Les rires stimulent.

L'eau bout mais nous n'y plongeons pas les pâtes.

Quand nous revenons à la cuisine, il reste un fond d'eau très salée sur le feu allumé. Comme celle de la mer Morte, dit-elle.

Nous avons faim, nous faisons frire six œufs et nous frottons le pain à même la poêle, face à face, elle avec la mie, moi avec la croûte.

Elle mange plus, elle, moi je ne sais pas avaler rapidement.

Je sers son vin, il est français, de ceux devant lesquels s'incline le palais. Je manque de goût pour ces excellences, elle non, elle le fait tourner dans sa bouche et le berce, moi j'avale d'un trait mon demi-verre.

Après ces passages dans la bouche tu finiras par le cracher. Elle a un sursaut de rire en l'avalant, il passe de travers et elle le crache vraiment, elle me donne un coup de poing sur le bras, puis graillonne toute rouge, enragée.

Les œufs frits, c'est mon plat de jeune homme qui a quitté la maison, la découverte d'arriver à faire la cuisine : des œufs frits, pendant les premiers mois.

Ranger la poêle sans la laver parce que raclée à fond par les morceaux de pain.

Parle toi, Làila, ne me fais pas dire des histoires.

« J'ai été dentiste, j'ai de la poigne. Je sais comprendre le caprice d'une racine même sans radiographie. Je la serre dans le davier et je sais de quel côté donner un tour pour l'extraire dans le bon sens. »

Je regarde l'attache de sa main, je comprends la dextérité et la prise, une force qui se trouve plutôt sur le dos que dans la paume. Je comprends mieux les mains que les visages.

Elle n'est plus dentiste. Un jour, elle incise par erreur l'artère palatine sous une canine, la bouche de l'homme se remplit de sang en deux secondes. Elle parvient à tamponner, à refermer, puis elle abandonne le métier. Ce n'est qu'un accident, qui a bien fini, mais elle abandonne quand même.

Je demande si ma bouche est en bonne santé.

Oui, dit-elle, la tienne est pleine d'air, une cave sombre, une cavité de tuf, et le silence.

Sur ta langue je sens le bouchon et tes dents sont des petits graviers usés par le pain, à force de mordre.

Il existe une grande variété de bouches, dit-elle, des bouches gouttières où grondent salive et bavardages, des bouches marsupiales qui abritent toujours un petit qui dort, des bouches enveloppes fermées, jamais expédiées.

Elle parle sans les mains, rien qu'avec les lèvres.

Elle me demande si l'été aussi je travaille avec ma chemise sur le dos, car la marque du soleil sur mon corps s'arrête autour de mon cou.

Oui, dis-je, un ouvrier a la peau foncée sur le visage, la nuque, les mains : le reste c'est de la villégiature.

Elle rit, je ne comprends pas de quoi.

Elle a une trace d'œuf que je lui enlève. Elle avance sa bouche contre mon pouce pour recommencer.

Nos pieds nus se frottent sous la table. Nous sommes des amants qui se tiennent par les pieds et pas par la main.

Nous nous empoignons de nouveau. Je suis à peine tendu, elle, elle est limpide, pas même une ombre trouble dans ses tendresses de sirocco qui fait claquer toute une lessive dans l'air.

Les femmes du métier ont un répertoire et quand elles aiment elles l'évitent et tournent autour de gestes bien connus sans tomber dedans, les esquivant lestement. Elles inventent l'amour au milieu des renoncements, des défenses de faire comme.

L'amour dans les mains de Làila est la chose la plus vierge de chair, elle le cherche en m'appelant par mon nom de sa respiration, en m'appelant dehors dans son plein air.

Enfin sa crue d'étreintes concentre mon sang et elle s'accommode du fond qui me reste.

Elle me dit que c'est plus beau pour elle quand je suis fatigué.

Et moi je sais encore une fois que j'aime cette femme et que cet amour a le droit d'être le dernier pour moi.

C'est la nuit et nos pieds s'entendent toujours bien. Le reste du corps s'est détaché.

Je pense à une île où rester pieds nus, à une île après Làila, lorqu'il est temps de quitter la terre ferme.

J'ai besoin d'une île après elle, une fois mes pieds déliés des siens.

« À quoi penses-tu ? » demande-t-elle, pour me l'entendre dire.

À une île, à des vagues qui s'écrasent sur des rochers, à un vent qui laisse croître les arbres, à un puits et à une gouttière qui y conduit l'eau de pluie. Je pense au sanglot d'une poulie sur le puits et au bourdonnement de babillage de l'eau dans le fond et à la paix d'en avoir une réserve.

Puis j'invente des choses pour dire : je pense à.

Tu as de l'imagination, dit-elle.

Oui, celle d'un homme qui se rase sans miroir.

Làila m'écoute et elle est si près de mon oreille qu'elle arrive à souffler des îles dedans.

Mais je ne dis pas que c'est un endroit pour l'après elle. On va à l'amour sans retour et ensuite on ne se retire pas dans la même pièce qu'avant.

« J'aime ta drôle de précision dans les choses que tu racontes. Je te demande à quoi tu penses, et toi tu dresses une île, un puits et tu y places même une gouttière. Te voir aussi farfelu m'émeut. Je crois que c'est une izvestie d'amour, une nouvelle d'amour », elle se corrige comme sa grand-mère russe capable de mélanger plusieurs langues dans une phrase.

Moi aussi je remarque les nouvelles d'amour. Mon corps retient des mots de Làila, ceux sur le plaisir qu'elle prend justement sur ma fatigue, et il exulte de gratitude. C'est bien une nouvelle d'amour.

Demain, je dois te parler, dit-elle.

Maintenant si tu veux. Non, demain, à présent il est tard mais demain soir oui, sans étreintes, parler sérieusement rien qu'un moment.

Oui, rien qu'un moment, dis-je, parce que ensuite, si tu ne ris pas, je tombe malade. Nos pieds se frottent pour se dire bonne nuit.

Au jardin je brûle les émondes du laurier, un parfum qui invite à fermer les yeux.

Derrière la grille revient le visage de charbonnier de Selim. Je l'invite à la cabane, tu es l'esprit du café, lui dis-je, tu apparais quand je vais le mettre sur le feu.

« Je le sens à des kilomètres, bien avant que tu en aies envie », dit-il sérieux.

On s'assied, je lui demande des nouvelles de la récolte. Bon travail, mais une demi-paie de bénéfice volée par les couteaux, seulement la moitié envoyée à la maison. Avec les couteaux qui, en se partageant cette misère à quatre, n'en retirent pas une soirée de samedi.

Qui vole les ouvriers ? demandé-je.

Des jeunes sans nécessité, dit-il.

Mal ?

Celui qu'on éprouve sous le coup d'une honte, pas d'une blessure, dit-il.

Puis Selim boit son café, assis avec moi devant le feu de broussailles.

Il en remue un coin avec une branche oubliée.
« La cendre dit que tu dois partir. »

Il le dit très doucement et, si je l'entends, c'est
à cause du silence sec, enfumé.

Je regarde la braise qui murmure avec un bourdonnement de petites lumières. C'est comme la
voix de Làila, mais qui, au lieu de me faire parler, réclame une écoute.

J'éprouve un peu d'ennui pour cet horoscope
de terre, d'yeux baissés, noirs.

J'avale, je dis seulement que je n'ai aucun
endroit où aller, ici personne ne me suit et personne ne m'attend dans un autre lieu.

« Tu dois t'en aller. »

Je ne m'en vais plus, à présent mon verbe c'est
rester, et puis il y a une femme à aimer.

« La cendre voit du sang, et le tien aussi répandu à côté. La cendre ne parle pas d'amour. »

La cendre ne sait rien de ma vie.

Selim fouille d'un autre côté, renverse, épar-
pille, me regarde en face et dit avec une veine
qui remplit son front : « Moi aussi. »

Je ne sais de quoi il se mêle me concernant,
mais je le crois. Je pense qu'une de ses heures
passées est peut-être semblable à une des miennes et que, s'il en est ainsi, alors nous sommes
vraiment de bons amis.

« Ce n'est pas seulement ça. Nous avons une
heure commune devant nous aussi », et sa voix
s'éteint avec la dernière flamme des broussailles.

Ne dis rien, Selim, tenons-nous-en plutôt à nos cafés à venir et que la cendre reste cendre. Si elle en a après moi, c'est parce qu'elle était une fibre verte et vivante il n'y a pas longtemps.

« Toi tu soignes les arbres, et eux ils t'aiment. Ce sont leurs mots pour toi, leurs derniers.

— Tu connais un homme, toi, Selim, qui s'en va sur le conseil des arbres ? »

Toi tu le connais, dit-il, et c'est moi, parti sur la cendre d'un nid de vautours.

Moi, en revanche, je suis le dernier à partir, je suis celui qui dessert la table et qui ferme la porte.

Les signes sont nombreux, dit-il, ils arrivent avec des feuilles, des oiseaux, des gouttes. La cendre est le dernier avertissement.

Je me tais, je finis de boire ma tasse.

La voix de Selim est calme, elle vient déjà d'un après, d'un temps qui suit celui où il faut vivre à présent. Il hume un peu de vent et de fumée et dit : « Nous sommes amis, làzima kúwa rafíki, il faut être amis. » Il remue la cendre, il efface.

Espèce de saint d'Afrique, pensé-je, tu viens donner ta sagesse à un sauvage d'Europe qui suit la lune sur le calendrier et les nuages d'après le bulletin de la radio, et qui ne sait lire aucun mot sans un alphabet.

La vie est-elle donc ainsi réglée, ainsi mise en transcription au point d'avertir par des signes, des contrepoints ? Mieux vaut pour moi ne rien savoir en temps voulu. Car il faut ta patience pour supporter de savoir. Il faut ton nez épaté, tes dents à l'étalage pour rire, ton front rouillé par la sueur, il faut ton gris calleux et non ma couleur coquille d'œuf.

Selim finit sa tasse et marmonne ses syllabes de bénédiction.

« Tu t'y entends avec la cendre et le ciel, combien de choses connais-tu, Selim ? »

Je ne fais que souffler quelque merci vers le haut, dit-il.

Je fais monter mon souffle qui se mêle aux nuages et se change en pluie. Un homme prie et augmente ainsi la substance au ciel. Les nuages sont pleins du souffle des prières.

Je regarde vers le haut, ils arrivent de la mer. Je dis : mince alors, ce qu'ils prient en Sardaigne.

Il rit avec moi et dit qu'il est bon de rire, que la foi vient après le rire, plus qu'après les pleurs.

Puis il se lève, moi je sens au fond de mon intestin vide, agité par le café, un gargouillis de tendresse pour Làila arrivée sur mes cinquante ans comme une pierre sur un nid.

En lavant la cafetière, je pense que je ne suis pas rentré chez moi depuis un jour.

Tu sautes un tour et tu ne reviens plus. Ainsi en Argentine, je rate un rendez-vous et je suis sauf, j'arrive au moment où l'on emmène la famille du dernier refuge. Moi je reste dans

94

l'autobus bloqué par les soldats tandis que mes derniers amis disparaissent dans un camion.

La cendre ne peut rien m'apprendre, Selim, je suis la cendre.

Selim fait un petit bouquet avec des branches de romarin et de thym. Il veut essayer de les proposer aux restaurants. Maintenant qu'ils sont en fleurs, on peut les mettre sur les tables à la place des plantes en pots.

D'après lui, le commerce a besoin de marchandise qui n'est pas encore recherchée, et il faut créer la demande. Il lui semble ainsi offrir une primeur.

Je lui demande comment vient une idée.

« Je regarde les jardins. Il y a tant d'informations dans les jardins. Mais il y a peu de jardiniers », et il fait un sourire qui découvre ses dents.

Et moi je pense que la chose la plus importante à son âge et au mien, c'est l'entretien du sourire.

Je répands la cendre sur la terre retournée autour du chêne vert que j'ai planté. J'ai grande envie de lui dire deux mots, de caresser son tronc encore lisse. Il y a déjà un rouge-gorge sur une de ses branches.

La voix de Selim qui salue de la grille arrive derrière moi en même temps que le soleil qui

chauffe déjà mon dos. Je déboutonne alors le
col de ma chemise de flanelle rouge et je relève
mes manches.

Je la porte depuis deux jours, elle est impré-
gnée de mon odeur comme le livre que je garde
dans la poche de mon bleu de travail.

Au bistrot je m'assieds à la même place, celle
qui surveille l'entrée.

Pour la première fois, je lève les yeux à chaque
entrée.

La nouvelle de Selim, l'avertissement de la
cendre, a soumis mes nerfs à une demi-torsion.

La première évidence c'est que je regarde
autour de moi. Je n'aime pas ça et je dois veiller
à ne pas bouger mon corps.

Un clignement de paupières et je suis repris
par une ombre d'Argentine, de coups d'œil
rapides, de veste lourde, et un souffle chaud
passe dans mon nez. Ma main va vers un geste
oublié, je m'aperçois qu'elle est à l'endroit laissé
vide par l'arme des années du Sud, et avant de
reprendre la maîtrise de mes nerfs je sens son
tâtonnement qui cherche l'objet perdu.

Et je mets un moment avant de prendre une
profonde respiration, de détachement.

Le patron s'approche et s'assied, il a une
bouteille d'alcool de noix, il m'en verse.

« À quoi penses-tu, l'homme ? À une dame ?

— Non, dis-je, et je sens la fixité de ma paupière se détendre et un léger sourire s'aplanir. Je pense à un pays du Sud, aux nombreuses années là-bas.

— Tu n'as toujours pas réalisé que tu es rentré, n'est-ce pas ? »

Ici, chez toi, oui, dis-je, ici chez toi on est comme dans une maison d'avant, capable d'ouvrir à tout le monde. Il y a quelque chose à fêter ? demandé-je.

« Oui, dit-il, une sorte d'anniversaire. Aujourd'hui, il y a bien des années, je sortais de prison. »

Je touche son verre avec le mien : bienvenu dehors, dis-je. Et lui : bienvenu chez toi.

Je me jette l'alcool de noix dans le gosier et sur le chemin qui monte vers le jardin j'appuie avec plus de force le talon dans mon pas, et l'Argentine sort de mes pensées.

À la fin de mon travail il fait encore jour, Làila m'attend à la grille. Elle ne veut pas parler dans un lieu clos, nous allons au bord de la mer.

C'est le début de la floraison des glycines sur le sentier qui mène à la plage, à partir de l'endroit où nous laissons la voiture.

Je me déchausse, je marche en faisant plus attention au sol qu'aux premiers mots de Làila.

Nous nous asseyons sur des pierres, la lumière vient d'un angle aigu qui se resserre et m'attire loin des mots forcés.

Je les écoute et je pense à tout un vacarme de soldats qui fouillent les rochers à ma recherche. Je sais qu'il me faut sortir à découvert.

Làila parle d'un homme à abattre ou qui l'abattra.

Son métier de faire parler les hommes est à son point de rupture. « Le dernier voyage m'a pesé. J'ai mis du temps à le finir, je n'y arrivais pas, j'avais l'empreinte de tes mains sur moi, partout. Il m'a fallu des jours, nausée, nostalgie, et à présent je sais que ça suffit. Je ne peux plus. Lui, il a compris, il me surveille, me harcèle pour un nouveau rendez-vous, et moi je cherche à gagner du temps, mais je n'en ai pas. On ne démissionne pas de ce métier. Quand tu ne peux plus le faire, tu t'enfuis ou tu meurs. »

J'écoute mal, je pense à Dvora, fille de Buenos Aires suivie jusque là-bas, à nos bonnes années, aux dimanches où je la réveille en passant sous son nez une goutte de jasmin pour la voir sourire dans son sommeil. Pendant ce temps les foules passent dans la rue avec des drapeaux et de notre balcon on les prendrait pour un champ de grappes, et leurs têtes pour du raisin. Au début, il ne nous vient pas à l'esprit que cette foule est nôtre et qu'elle chante pour nous qui sommes à la fenêtre la sérénade de ses raisons.

Elle s'écoule et nous restons au balcon, ce qui est une façon de l'accompagner.

D'en bas quelqu'un nous fait signe de descendre et moi, en échange, je voudrais leur faire signe à tous de monter. En attendant je les salue du regard, sans m'apercevoir que Dvora est descendue dans la rue. Elle m'appelle, m'invitant à faire de même, et alors moi aussi je descends. Et un an suffit pour qu'arrive le désastre d'une journée où on la jette dans une voiture, où on me l'arrache de force, et moi je reste plié par les sanglots dans la rue comme un clou frappé de travers. Je reste en vie, écarté de la mort grâce au vert d'un passeport italien en poche. « Où t'ai-je emmené, novio mio, ici on nous tue tous. »

Ses yeux se troublent et je passe mon doigt sur ses cils en lui disant : « Hé ! Qu'est donc ce petit chagrin ? » Et ce sont les derniers mots et la dernière caresse devant la porte d'entrée, avant d'être séparés à mort.

Je quitte la maison de notre intimité, j'entre dans la guerre vagabonde où chaque logement est un faux domicile. De la maison des noces j'emporte une seule chose de Dvora, ses chaussures de gymnastique aux lacets encore noués parce qu'elle les retire en prenant appui sur ses talons. Il est de mon devoir d'en défaire les nœuds et de les tenir prêtes.

Je les emporte, sonné par le chagrin, en signe de dette pour négligence de soin, dans l'espoir de les lui voir encore aux pieds.

Puis je les oublie. Un an plus tard je dois débarrasser un de mes logements clandestins et je les retrouve sous un sac au fond d'une armoire. Je n'ai rien de Dvora, car sans elle je ne tiens à rien. Ses chaussures sont là avec leurs lacets bien attachés.

Je m'agenouille et défais les nœuds, libère les œillets. Puis je les laisse là.

Je sais qu'elle est au fond de la mer, les mains attachées. Je peux seulement défaire les lacets de ses chaussures. Je fais cet adieu à genoux devant une armoire vide.

C'est à ça que je pense sous les mots de Làila, et encore une fois je sais qu'il ne reste plus rien de moi.

Dans la banlieue sud du quartier Palerme de Buenos Aires où j'arrive à temps pour connaître les derniers des premiers Italiens arrivés là, je travaille dans une usine de chaussures, j'apprends le cuir et je goûte à l'amour des dimanches au bras de Dvora avec la promesse de devenir vieux et gâteux ensemble.

Je n'ai pas même un râle de regret pour les coups de feu, la petite guerre, la part de vengeance prise et non payée.

Pourquoi suis-je sain et sauf, moi : je ne sais pas le dire, je ne sais pas le maudire.

J'écoute mal Làila, petit retour d'Argentine féroce.

C'est agréable de ne pas être dans une chambre en ce moment, de voir un bras de Tyrrhénienne au lieu de l'immense embouchure du Rio de la Plata.

Làila ne demande pas d'aide, elle parle par loyauté, comme la première fois. Elle veut me laisser à l'écart de ses ennuis. Je la crois.

Je joins mes paumes vides, je pense : toi aussi avec les meurtres.

Mes mains restent fermées, mes mots également, je ne dis rien. En revanche, Làila dit : « Moi aussi avec les meurtres. »

Elle entend mes bourdonnements intérieurs, je ne réagis pas, je n'ai pas une seule phrase à lui cacher. Et puis ce doit être bien incommode d'écouter les pensées, de se remplir du vacarme des autres même lorsqu'ils se taisent. Il est bien dur de savoir que quelqu'un pense à autre chose pendant que tu lui parles.

La mer est violette comme la fleur du romarin, le vent du dernier soleil projette les cheveux de Làila sur mon front.

C'est comme ça que tu prends mes pensées, avec tes cheveux ?

Non, dit-elle, c'est une habileté animale, un reste de cerveau de serpent, de poisson, d'hirondelle, ou du moins c'est l'idée qu'elle se fait de ce don. Mais elle n'entend que les pensées très proches.

Ça ne m'effraie pas ? Rien ne m'effraie dans cet amour.

Elle embrasse mon bras et dit : « Tu me fais oublier qui je suis. »

Non, je te le fais mieux savoir, tu es la femme avec qui je suis en amour. Je pense qu'il n'y a pas de titre plus certain que celui-ci pour toi.

« Tu fais une caresse sur tous mes os, un baiser dans ma moelle, tu mets la paix dans mon corps », dit-elle.

Ses cheveux fouettent mon visage, elle veut se mettre sous le vent, non, je la retiens, je ne veux pas que tes cheveux battent à vide.

Nous restons un moment en silence pour goûter le sel sur le vent qui diminue.

Quel dégoût de tuer, Làila. Tu ne te débarrasses plus jamais du gras de la mort. Il ne s'enlève plus. Tu es jeune, tu penses que ça passera et tu l'oublies un peu dans un sursaut de volonté. Et puis un jour où tu te mets à regarder le monde avec plaisir, que tu sens l'air se mettre à l'aise dans ta respiration, en pensant peut-être à la petite part d'oxygène et à la supériorité de l'azote, au moment où tu es le plus loin de ce sang, le voilà qui revient parce que toi qui respires tu es bien vivant, un maudit vivant.

Et tu appelles en renfort les raisons les plus pressantes pour ce sang répandu, tu te répètes que la nuit tu dors et que tout sommeil contient une absolution, et rien, il est toujours là, collé à toi, l'assassiné.

Et le remords n'y est pour rien, pas plus que l'insomnie, ce sont des chaises vides tout autour de toi, une femme qui change de trottoir quand elle te croise, du pain qui s'émiette mal dans tes mains, des visages qui ressemblent à…, la lassitude de sentir des pas derrière toi et, à la première bonne fortune, la pensée que tu peux finir toi aussi sous les coups et que toi-même tu n'as pas le droit de t'esquiver.

Et quand tu admets ça, tu éprouves même du soulagement.

Combien d'assassins se laissent tuer.

Et je continue, je continue à dire à Làila ma branlante conjuration d'amour.

« Sinon, c'est lui qui me tue. Parce que je ne veux plus continuer et, libre, je suis un danger pour lui. Il te connaît, c'est déjà un risque que je te fais courir. »

Je ne sais pas te préserver du mal. C'est la deuxième fois que je ne réussis pas, mais la première fois j'y vais assommé, je réagis en retard et par vengeance. Maintenant qu'une moitié de ma vie s'est vidée dans la fuite, maintenant non plus je n'arrive pas à sauver quelqu'un.

« Tu ne peux me faire sortir toute sèche de l'eau. Moi je lui sers tant que je continue et il n'est même pas sûr que ça suffise. Un jour, il décide que la fille en sait trop et c'est dommage parce qu'elle est bien, mais il vaut mieux éliminer le problème.

« Jusqu'ici je pensais durer, puis la simple durée est devenue impossible. J'en arrive carrément à une solution expéditive.

« Tu m'as secouée à temps, à cause de deux rides sur ton cou, d'une façon d'émietter de la sauge et d'en parfumer tes doigts, du silence paisible de tes pensées.

« Maintenant je dois essayer de me sauver. Tuer, m'enfuir et avoir ainsi quelques jours d'avance sur ceux qui me connaissent et que je ne connais pas. »

Qui sont-ils, j'essaie de les imaginer sans poser de question.

« Ce sont des gens rapides au mal. Tu en connais déjà. »

Il te faut de l'aide, ça je le dis.

« Non, et moins tu en sais, mieux ça vaut. »

Ils peuvent venir me trouver.

« Je ne sais pas, ce n'est pas sûr. Ils fonctionnent par secteurs, tu n'es peut-être encore un indice que pour lui. De toute façon tu ne pourras rien dire, je ne te laisse pas d'adresse. »

Làila, on s'arrête là. Au moment où je le dis, mes yeux se sèchent, je touche le livre dans ma poche en guise d'appui, je sens sur mon front un vent d'autres vagues. C'est l'Atlantique du Sud, mon corps n'est que fuite et furie de ne pas se laisser attraper par les Argentins débarqués pour occuper l'île de Soledad.

C'est le mois d'avril, l'automne, je m'enfuis loin de Maria sans rien dire, elle est des leurs et moi je suis à nouveau sur des terres de chasse et de capture.

Je me cache dans un endroit de la côte découpée de l'île appelé « passage des aigles », le point le plus au sud, avec tempêtes, oiseaux marins, vagues et vent à vous user les oreilles.

Je pêche, je bois l'eau de pluie, je vole des œufs dans les nids, je fais un feu de tourbe la nuit, je sens le piège mordre partout et je résiste, histoire de vivre. Et je découvre une carcasse de voilier, je récupère du bois pour la grotte où je m'abrite.

Je passe la journée à couvert à regarder la mer.

Je sens ma vie se durcir pour encaisser le coup et l'accepter.

Il n'y a pas d'échappatoire, la terre est finie, il n'y a pas d'autre sud vers lequel descendre, il

n'y a pas de cale de bateau où bercer un sommeil de salut.

Je vois la mer qui râpe les rochers, et le blanc
d'ongle des vagues est la ligne qui la sépare de
la terre.

Je vois la ligne rouge du coucher de soleil
qui sépare le jour de la nuit, je pense que le
monde est l'œuvre du roi du verbe diviser et
j'attends la ligne qui viendra me détacher des
jours.

La vie est un long trait continu et mourir,
c'est aller à la ligne sans le corps. Je vois les
piqués des oiseaux dans le creux des vagues,
et même le poisson qui a toute la mer pour se
cacher ne peut se sauver.

Et les oiseaux qui volent au-dessus : chacun
est seul et sans alliance avec l'autre. L'air est leur
famille, pas les ailes des autres. Chaque nouvel
œuf déposé est une solitude. Et moi, dans l'obscurité des braises, je fais une omelette de solitu-
des pour me rassasier.

Quand il m'arrive de sentir que mon temps
est peu de chose, je pense à celui qui s'écoule
simultanément dans bien des endroits du monde
et qui passe près du mien : ce sont des arbres
qui chassent des pollens, des femmes qui attendent une rupture des eaux, un garçon qui étudie
un vers de Dante, mille cloches de récréation
qui sonnent dans toutes les écoles du monde,
du vin qui fermente au soutirage, toutes choses

qui arrivent au même moment et qui, alliant leur temps au mien, lui donnent de l'ampleur.

Des pensées d'outre-vie, Làila, je sais que tu es en train de les écouter.

Ça dure quelques semaines. Ils me découvrent à force de fouiller et je m'enfuis sur les rochers, ils tirent contre le vent et un petit caillou de plomb traverse mon poumon, je crois le voir au moment où il sort devant moi, où il file plus loin, et moi je lui cours après jusqu'à perdre haleine, jusqu'à un calme plat dans mes oreilles. Je sens leurs coups de pieds comme dans une porte d'entrée, et l'un d'eux veut m'achever là, mais les autres disent qu'ils feront meilleure impression s'ils m'expédient sur la terre ferme. Et ils me mettent sur le coffre d'une camionnette comme du gibier, traversent la ville en tirant en l'air pour montrer qu'ils ont pris un terroriste, ils m'appellent l'aparecido et me mettent en prison où un médecin anglais me coud l'entrée et la sortie du coup en me souhaitant bonne chance, me disant aussi de résister car les siens vont arriver.

Moi j'ignore qui sont les siens, mais au bout de quelques nuits j'entends des canons sur la mer.

Je suis sur le lit de ma cellule et il n'y a plus de gardien autour. On crie de faim des autres cellules et pas de nourriture pendant des jours, puis on vient nous ouvrir, tout le monde est fou de joie et moi je ne respire pas, mais je sais que la mort me crache à la figure cette fois-ci encore.

Toutes ces histoires sont à un centimètre de la tête de Làila.

Et maintenant le temps manque à nouveau et il faut préparer une nouvelle nuit, bonne pour nous séparer.

Nous nous détachons de la mer alors qu'il fait nuit, j'enfile mes souliers et je passe un bras sous le sien.

Tant qu'il restera quelque chose de nous, moi je resterai, dis-je à Làila.

Allons dans une chambre, dit-elle, mettons-nous à l'amour. Je ne veux pas gaspiller la chance d'un projectile qui sort sans tuer.

Nous nous rendons dans mon appartement, où arrive l'odeur de la mer, où des fenêtres dégouline l'éternelle lessive et où des balcons claquent des bras de femmes aux manches retroussées.

Dans la cuisine l'air est flétri, j'ouvre les vitres et laisse entrer le cri étranglé d'une partie de foot dans la cour.

Làila regarde dehors, puis ouvre des tiroirs, trouve le tire-bouchon et sort une bouteille de son sac en bandoulière. Et tandis que je mets les verres sur la table, le bourdonnement dans sa voix commence, je le reconnais, j'essaie de l'arrêter d'une main qu'elle retient en l'air et j'entends encore mes mots s'en aller hors de moi.

Je les vois au moment où je les prononce.

« Il y a une maison dans une avenue bordée de haies de bougainvillées. À l'intérieur, un homme met son uniforme et un autre attend dans la rue pour lui tirer dessus. Il y a un chauffeur pour toute escorte.

« Au moment où il sort, je débouche d'un enchevêtrement de haies, avantagé parce que je suis rapide, seul et que je tiens les rênes de mes nerfs entre mes dents.

« Une radio attaque une chanson. Et le temps se remplit de notes musicales, je les foule toutes, les secondes sautent comme les pas d'une tarentelle, et je vois le côté droit d'un uniforme, une main qui se porte trop tard vers une arme et le chauffeur qui tente quelque chose, puis qui s'enfuit vers un abri et moi je saute dans sa voiture, je pars et j'entends des coups, mais surtout j'entends la chanson de la radio restée allumée dans l'auto. »

Et moi qui suis en train de recracher une nouvelle heure maudite, voilà que je cesse de parler, que je me mets à chanter cette chanson, et pendant que je chante, le bruit de ruche de la voix de Làila, bouche fermée, cesse. Je chante et le récit s'arrête, je chante et il n'y a plus rien qui me fasse obéir, je suis à nouveau à l'intérieur de ma voix.

109

Làila dit que je suis le premier à se détacher tout seul et qu'elle est heureuse de ne pas avoir cette prise sur moi. « C'est le chant qui détend et détache du son de ma voix, à présent tu le sais. » Et elle dit que c'est aussi le signe qu'elle doit s'arrêter.

Tu n'as pas cette prise sur moi, dis-je, mais tu as plus, tu as celle de l'étau, et avec toi je suis comme un morceau pris entre deux mâchoires, tu me tiens, je me laisse tenir parce que tu me veux et que je ne trouve personne au monde qui sait vouloir quelqu'un, dépenser toute cette volonté.

Je te veux, dit-elle, tu m'appartiens et il t'appartient d'ouvrir les bras et de me tenir.

Je t'aime par amour et par dégoût des hommes, je t'aime parce que tu es intègre même si tu es le reste d'une autre vie, je t'aime parce que le bout qui subsiste vaut la totalité et je t'aime par exclusion des autres bouts perdus.

Nous sommes calmes, nous buvons son vin de voyage, je coupe du fromage fait, j'y ajoute de la sauge et un filet d'huile.

Elle mange en actionnant fort les maxillaires, elle mâche longuement, avale lentement, respire l'odeur de la pièce.

J'ai déjà du basilic dans plusieurs pots, c'est là le champ des odeurs.

Elle prend une noix, la pose dans ma main, je la mets sur la table et je l'ouvre d'un coup sec du front, un jeu qui amuse les enfants de la cour quand je le leur fais voir par la fenêtre.

Làila rit, dit que les Amériques m'ont rendu un peu dingue.

Puis elle demande sérieusement si l'on peut envisager un assaut sans voie de fuite, s'il faut être cinglé ou bien seulement décidé à se faire tuer en tuant.

C'est l'Amérique du Sud, Làila, des jours sans lendemain, on reste peu nombreux, on part à l'attaque séparément, on va face aux coups sans se baisser, puisqu'il ne dépend pas de soi de vivre, de durer. Nous sommes des poissons à la surface de l'eau.

Ne demande rien, Làila, je ne suis plus le même, nul ne peut rester longtemps le même, c'est pour ça que les guerres cessent et que la génération suivante reprend son souffle devant elle en effaçant derrière. Une voie de fuite, dis-tu, je me souviens de la fuite, mais d'aucune voie. Je suis le dernier et je cours jusqu'au bout de l'Argentine, je ne m'arrête plus.

Je cours sur les plaines pelées du Sud où on est à découvert sur des kilomètres et personne n'irait se fourrer là.

Je cherche le fond, le vide.

Je me sens caché par le vent qui fait cligner les yeux et endort les oreilles.

Je marche la nuit le long de la route. Si une lumière pointe au bout de l'entonnoir de la ligne droite, je me couche avec un buisson sur le dos.

111

À l'aube, je quitte la route et je m'étends pour dormir, loin.

Un jour, une chèvre me réveille, elle veut qu'on la traie. Je la vide, je bois le meilleur lait de toute ma vie.

Je passe quelques jours avec la chèvre, marchant d'un même pas, les yeux dans les yeux.

J'oublie. Je la regarde et j'oublie.

Elle dort à côté de moi, à l'aube elle me lèche le nez.

Je lui cède un peu de ma provision de sel. Nous buvons l'eau d'un fleuve qui s'est perdu sous terre. Nous le remontons.

De loin, je vois un enclos, la chèvre y va, moi je me retourne et je reviens sur mes pas.

Je passe une journée à me débarrasser des puces dans une boucle du fleuve. Je cherche les poux dans mes vêtements comme des pays sur une carte de géographie. Je lave, je secoue, j'essuie.

J'apprends à ne pas craindre les serpents, des bêtes sages qui lèchent l'air.

En deux jours je retrouve la route, je recommence à marcher la nuit vers le Sud.

J'ai confiance dans l'obscurité, elle agrandit les pupilles, ordonne les pensées.

De loin, une nuit, j'aperçois un feu de bivouac sur la route.

Je m'approche sous le vent, pour ne pas offrir d'odeur à un chien éventuel.

J'écoute des voix, deux alpinistes italiens avec leur voiture en panne.

J'attends l'aube, je me montre, je me présente comme un vagabond argentin. Ils m'expliquent leur problème, je le comprends, j'y remédie. J'obtiens une place et une soupe.

Il y a plus d'un mois que je ne mange pas chaud, mon intestin gargouille une rengaine comme le feuillage d'un arbre au réveil des nids.

Ils ne me demandent rien.

J'écoute leurs grands projets, une nouvelle voie sur un pilier de granit au bout de la dernière crête des parois du monde.

Ils ne parlent que de ça tous les deux, sérieux, attentifs.

Leur argent est compté, ils sont en voyage depuis une semaine, ils suivent une carte de géographie, ils regardent uniquement devant eux.

Je n'arrive pas à me souvenir d'avoir été comme eux. Je les écoute en étranger : ce sont des hommes qui ont un seul côté, tournés vers l'avant sans un regard derrière eux. Ce sont des hommes qui ne se retournent pas.

Étendu sur les rouleaux de leurs cordes, je sens sur mon dos les faisceaux de mes nerfs qui, au moment où ils perçoivent des pas derrière eux, me poussent à changer de direction, à me retourner, à aller à leur rencontre.

Je voyage avec des hommes qui ne protègent pas leurs arrières, qui ont tous les risques devant eux. Je les écoute et je me repose. Au-dessous, la route est une affaire de roues, de cartes, non plus de sol et d'étoiles.

Je repère mon chemin sur la carte, pour la première fois je sais où je me trouve et la distance que j'ai mise dans ma fuite.

Avec un moteur au-dessous, l'endroit du Sud que je cherche est à portée d'un jour.

Je m'endors derrière les meilleurs étrangers, dangereux seulement pour eux-mêmes. Ils ont une ligne droite à suivre, ils piétinent un tracé.

Je profite de leur sillage, pour la première fois je vais en ligne droite, mais ma fuite se fait par bonds, en zigzags de chauves-souris.

C'est le soir quand brusquement je demande à descendre et que je salue.

C'est la route d'une ville de bord d'océan, je vais sur le port, j'effleure du dos de la main un cordage d'attache, je sens l'odeur de mon enfance sur la Tyrrhénienne, j'essaie de ressembler à un marin quand je pousse la porte d'un bistrot.

La pièce est enfumée, le vent qui s'engouffre avec moi la secoue comme un chiffon. Une lampe jette sa lumière au visage de celui qui entre. « Que cherches-tu, l'homme ? » demande une voix derrière un comptoir alors que j'essaie de voir si l'endroit me convient.

Je baisse les yeux et je me dirige calmement vers la voix, même si son accueil est une claque sur mes nerfs.

Je m'assieds, je dis que je cherche un endroit pour dormir et un embarquement.

« Pour voyager ou pour travailler ? »

Maintenant que je ne suis plus sous la lumière, je vois le patron, un ours sans poils. Je pose mes mains sur le comptoir et je me mets à parler franchement : je ne suis pas un marin, mais je peux faire n'importe quel travail pour payer mon voyage.

« Du travail pour des jeunes, tu n'as pas l'âge d'un mousse. »

À présent je le regarde. Je vois des yeux violets de veinules éclatées. Il a au moins soixante ans et des cheveux blancs comme de la glace.

« Une vie d'homme dure autant que celle de trois chevaux et tu as déjà enterré le premier.

— J'ai un peu d'argent et je peux attendre, dis-je.

— Je ne crois pas. Tu es pressé. Tu t'es approché trop lentement du comptoir.

— Tu peux m'aider ? » dis-je, et je ne sais ce qui me pousse à parler ainsi au lieu de sortir et de m'en aller rapidement avec mon arme prête à dissuader de me suivre.

« Fais voir tes mains », dit-il.

Je les ouvre devant lui, elles sont sales, fermes. Il les retourne aussitôt sur le dos, découvre mes poignets.

« Il y a encore du bon en toi. Je te mettrai sur un bateau et tu t'en iras. Tu seras sauf. Il t'en coûtera tes enfants : tu n'en auras pas. Ceux comme toi doivent en être privés. »

Et alors que je suis sur le point de lui cracher à la figure, je sens une douleur aiguë au fond de mon intestin et j'appuie vite dessus avec ma main.

Et lui me dit d'une voix différente, très basse, qu'il y a une chambre commune à l'étage du dessus et un lit libre, et que je peux rester là, que je ne dois pas sortir, qu'il appellera lui-même pour les repas. J'ignore pourquoi, mais je fais ce qu'il dit. Je monte dans une grande chambre et je me lave avant de goûter à un lit pour la première fois depuis le début de ma fuite. J'arme mon pistolet car, s'il me donne aux flics, je veux être prêt. Au bord du sommeil, j'ai une sombre pensée : se sauver n'est que s'enfoncer un peu plus dans le piège, au lieu d'en sortir. Seule la mort en fait sortir.

Le patron me réveille pour manger une de ses mixtures, au comptoir. Je défais les poissons avec mes doigts jusqu'à la dernière arête, puis j'avale le potage à petits coups dans l'assiette creuse.

Je mâche difficilement, mon visage est en carton bouilli, il ne se détend pas pour manger, ni pour sourire.

Sur le mur d'en face il y a une carte géographique du monde. Elle est à l'envers, l'Antarctique en haut. Il s'aperçoit que je la regarde fixement.

« Tu es du Nord, dit-il, ceux du Nord n'en reviennent pas de voir leur belle planète sens dessus dessous. Pour nous en revanche le monde est comme ça, le Sud vers le haut. »

Mon regard se perd sur la carte.

« Des marins irlandais viennent se remplir la vessie de bière, ils regardent et remuent la tête comme les chiens quand ils sentent quelque chose d'étrange. Têtes du Nord, têtes aveugles que vous êtes. On ne comprend la terre que si on la retourne comme ça. Regarde les continents : ils poussent vers le Nord, ils vont tous finir de l'autre côté. Parce qu'ils se sont détachés de l'Antarctique et qu'ils voyagent vers le bas de la planète, qu'ils dégringolent là-bas. Ils laissent les océans derrière eux. Même les courants marins partent d'ici, du Sud, car c'est ici qu'est le début, le haut de la terre. Et c'est une terre, l'Antarctique, avec des montagnes et des volcans, pas de l'eau refroidie comme votre glaçon. Le Nord dessine de fausses cartes avec son beau pôle au sommet, alors qu'il est le fond du sac. Et puis pour vous c'est l'orient et l'occident qui comptent, tandis que pour nous ce n'est que de l'eau fouettée, océans de ponant et de levant. Nous sommes sur la corne pointue du monde, accroupis sur le sol pour ne pas être emportés par le vent. »

Je l'écoute et je crois à tout ce qu'il dit, même à l'embarquement promis. Un bateau de pêche irlandais doit arriver, il me fait monter dessus.

Espèce de bistrotier du sens dessus dessous, qui ébranle un homme de son seul regard et retourne les cartes. Je m'efforce de lui sourire, je n'arrive plus à faire bouger mon visage. Je m'essuie la bouche du dos de mes mains sales, ou plutôt je la frotte, pour la forcer à une grimace. Je l'oblige à se durcir dans le plus pénible des sourires.

Alors, il me verse un demi-verre d'eau trouble amère, c'est moi qui offre, dit-il, je l'accepte et je la sens descendre dans ma poitrine comme un coup de couteau, je roule des yeux pour ne pas cracher de larmes. C'est une eau d'incendie pour moi qui ne touche pas aux degrés de l'alcool depuis des années.

Un soupçon de cordialité passe dans mon corps, un état de paix face à un autre homme. Je m'en remets à cet ours pelé qui de la même main peut m'expédier au large ou bien me briser l'épine dorsale et qui sait ce qui, en moi, lui fait prendre une des deux décisions.

La carte renversée me paraît juste maintenant, elle m'apprend à être sur l'antipode. La fuite que je croyais vers le fond se retourne vers le haut. Je suis sur la pointe d'un rocher et j'attends le plongeon.

La nuit, sur un lit de camp d'une chambre commune, je sens les haleines amères de marins échoués en quête d'embarquement, de voyageurs qui attendent un passage de fortune. Nous sommes des hommes dans une cale qui ne prend pas la mer. Personne ne se parle. Le jour, ils restent la tête penchée, comme les tournesols la nuit.

Lorsque le bateau arrive, il me dit : « Tu montes à bord cette nuit. Ne te charge pas, juste tes vêtements. Jette le reste, ça ne te servira plus, jamais plus. »

Et je le fais.

Làila m'embrasse, verse du vin, m'en fait boire une gorgée. Je reste les mains fermées pour entendre les bruits des familles tout autour qui se mettent à table.

Elle dit qu'elle ne connaît personne qui parle du passé au temps présent.

Que m'importe les girandoles des verbes. Je ne suis pas le patron du temps, je suis son âne.

C'est bon pour les écrivains le passé et son « il était une fois ».

Et le futur est commode pour les devins qui s'enrichissent avec les pronostics.

Moi je connais les vies qui durent un jour. Arriver jusqu'à la nuit, c'est déjà mourir vieux.

Pour le futur, les verbes sont inutiles, il lui faut des noms. Le mien se trouve dans le mot gouttière qui recueille dans un puits que je ne connais pas l'eau de pluie d'une île de sécheresse.

Mon futur, dit-elle, se trouve dans un maudit verbe pratique et sale.

Tuer, demandé-je, elle baisse la tête et retire ses bras de mes épaules.

Je ne dis rien.

Une fois employé, ce verbe reste dans le corps ainsi, à l'infini.

Un froid rêche entre. Les voix des télévisions essaient de résonner affectueusement, les maisons marchent à un régime électrique.

Je ferme les vitres, je n'allume pas la lampe.

« Je n'ai plus de force sur toi. Maintenant tu sais que le chant libère de ma voix. Il te suffit d'un couplet pour réagir. »

Même si je chante jusqu'à demain matin comme un pinson aveugle, je ne peux plus me détacher. Je vais vers elle, je la prends dans mes bras, je tourne dans la pièce, je m'arrête près de la fenêtre et je lui chante : « Et toi, gondole, ma belle gondole, dans mes bras berce-toi doucement », et elle se balance dans le hamac de mes bras.

« Si tu es la mer, tu dois me tenir. »

Puis je l'étends sur les draps.

Nous nous dévêtons et nous restons nus sans nous embrasser.

Cette nuit est un abri à garder en mémoire, pas un bateau de noces.

Rester nos têtes l'une contre l'autre, nous dire les mots justes pour enraciner notre affection et faire qu'elle dure quand même.

Elle me regarde du haut de son coude appuyé sur l'oreiller et met son doigt sur le trou recousu de ce coup qui a fui devant moi. Elle dit qu'elle voudrait le chercher et se le passer au doigt comme une alliance.

« Me passer de toi, jardinier, je ne le conçois pas, même si je fais un effort d'imagination. Je peux penser au froid des guets-apens, à me hâter pour arriver avant lui. Je peux même penser aux détails de ma fuite. Mais je ne parviens pas à voir au-delà de toi. »

Làila, pour toi je suis un amour à vapeur, une force de traction capable de tirer les premiers trains, les premiers bateaux sans voiles.

L'amour à vapeur, c'est bien à un certain âge.

Tu en traverses de nombreux et tu es maintenant au début de ton vingtième siècle. Tu dois faire ta guerre et, si tu en reviens vivante, ensuite viendront les amours électriques, à turbine. D'ici, tu ne les vois pas.

L'amour que je te porte est celui d'une bonne chaudière qui brûle du bois, du charbon, qui fontionne lentement. Il est utile pour partir.

Tes trente ans sont immobiles depuis un bon moment.

Je crois à ton histoire, que tu risques d'être abattue. Et je crois à ce que tu m'apprends, que tu sens une poussée venant de moi. Pourtant moi je reste, toi tu vas plus loin, et je te souhaite de sortir de l'autre côté de la vie, même si ça doit être de l'autre côté du monde.

« Mon amour à vapeur, nous regarderons des jours plus légers et moi, si je réussis à vivre, je chercherai l'île de ta gouttière. »

Ce n'est pas le jour qui vient, c'est la nuit qui se retire.

Je connais le point. Tout n'est encore qu'un pavé d'obscurité, puis un papier dans la rue a un frémissement, plus faible qu'un coup de poignet à un éventail, puis la main d'un homme enfile une chaussure sans allumer ni faire de bruit près de sa femme, puis un branlement de tête d'une vieille qui attend le retour du sommeil en lisant un roman, voilà que la nuit se ramasse dans un geste secret en un point, et l'obscurité n'est plus un gaz, mais une huile qui coule vers l'occident.

Je connais le point de la nuit où elle se détache de la terre et glisse sur elle.

Même si un ouvrier, déjà debout depuis longtemps, a envie qu'il fasse jour, une partie de lui-même irait bien aussi derrière la nuit, pour faire le tour de l'ouest dans l'obscurité.

À ce moment-là, je me détache du sommeil de Làila qui a fini sur mon bras.

Elle attrape d'abord l'oreiller en échange, puis se réveille. C'est mon heure, dis-je, tu peux dormir. Mais elle veut sortir avec moi et me demande de prendre notre café ensemble.

Dans la cuisine à demi éteinte éclairée par le couloir, nous nous laissons réchauffer par une tasse.

Elle frotte son nez et son sommeil contre mon visage rasé de frais, elle soupire, elle avale, elle ébouriffe ses cheveux et moi je pense que se dire adieu tous les deux c'est comme se tirer un coup de pistolet.

« Ne pense pas à ça maintenant, je n'arrive même pas à me tenir debout. »

Tu manques de sommeil, mais tu continues à entendre mes bourdonnements.

« Et toi, chante, comme ça je n'entends rien. »

Je chante les premières notes de la berceuse de la gondole et elle me frappe la poitrine d'un coup de poing maladroit, « Pas celle-là, je vais m'évanouir », et elle émet un bâillement long comme l'appel du loup.

Elle s'appuie sur moi, nous sortons, dehors l'air est brutal, elle ronchonne : « Quelle vie de chien ont les gens qui sortent à cette heure. »

Làila, c'est ce que font tous les manœuvres du monde, ils se lèvent avant la lumière, ils rentrent après la lumière. Ils vont du noir au noir.

Làila laisse échapper une bouffée d'air, je ne sais si elle soupire ou si elle bâille.

Quelqu'un passe près de nous, je le connais et je lui offre une place dans la voiture de Làila qui se jette sur le siège arrière et se pelotonne pour retrouver le sommeil.

L'homme ne dit rien, il est intimidé. Il va sur un chantier, de sa besace pointe le bouchon d'une bouteille et un parfum de pâtes refroidies. Sa femme se réveille avant lui pour les préparer et les mettre dans sa gamelle.

C'est un charpentier qui travaille le fer, il arme les châssis pour les piliers, il garde les mains croisées sur ses genoux, deux peaux d'orange, rayées de capillaires éclatés.

Je le laisse à un arrêt.

Làila passe devant, elle est réveillée.

« Je ne sais pas quand, mais ce sera dans les jours qui viennent. Et puis, n'importe comment, nous arriverons à nous retrouver. »

Pour couvrir mes pensées, je me mets à chantonner une vieille chanson de Noël et de joueurs de musette. Làila rit, elle s'arrête aussitôt.

En face du jardin où je travaille, est garée une voiture avec un homme à l'intérieur. Je ne dois pas demander si c'est lui.

De là où nous sommes nous pouvons le voir sans être vus.

D'une voix rauque, je demande sèchement à Làila de me donner l'adresse de cet homme et je sens mes nerfs faire un tour sur leur axe, monter d'une octave, et j'ai chaud aux pieds et froid au visage.

« Ne me complique pas les choses », dit-elle.

J'insiste et je suis brutal.

Elle dit un nom de rue, un numéro, je n'ai pas besoin de l'écrire, je sors sans la toucher. J'entends sa marche arrière.

Je remonte la rue et, avant d'entrer dans le jardin, je passe lentement le long de la voiture à l'arrêt du côté du conducteur, nous nous regardons, et j'ai un goût de sel dans la bouche.

L'un de nous deux est déjà mort et à présent peu m'importe de savoir lequel.

Je traverse la rue et j'entre dans le jardin.

J'ai besoin de faire un tour à cette adresse. Je pense y aller à l'heure de la pause.

C'est le début du printemps, les arbres sentent dans leur bois une pression des racines qui se libère dans les bourgeons. Seul le noyer attend.

Je coupe le pré à la faux que j'aiguise, je coupe et j'aiguise, le bruissement rapide de la lame est une respiration courte.

J'aime faucher à la main, le coup vient, précis, de droite à gauche, il égalise l'herbe.

Aujourd'hui je suis moins pris par mon travail et je sens que je me concentre sur ma besogne, que je me confie à ses heures.

L'herbe fauchée sent bon au soleil, je la ramasse au râteau.

À la grille, Selim est heureux à cause de la chaleur et il a une chemise neuve. « C'est le printemps, l'homme, il faut avoir du neuf sur soi. »

Il est grand et robuste, un arbre d'homme.

Il a de l'argent et veut me payer le verre promis.

À midi je dois me rendre quelque part, je ne vais pas au bistrot, dis-je.

Je viens avec toi, dit-il.

Il vaut mieux pas, Selim.

Il vaut mieux, l'homme.

Il dit cela avec tant d'assurance que je me tais.

Il m'aide à entasser l'herbe fauchée, puis nous mangeons tous les deux des sardines et du pain dans l'air d'avril.

De l'herbe bonne pour les bêtes, dit-il, les miennes feraient la fête pour celle-ci, dommage de la jeter. « Les miennes sont maigres, mais ce sont des bêtes saines. Bientôt elles mettront bas et je dois être là. »

Je ne dis rien de l'endroit que je dois chercher, lui ne demande rien.

Nous allons comme deux ouvriers qui se promènent à l'heure du repos. Lui mâche et remâche son noyau d'olive.

Devant l'entrée je reconnais l'auto de ce matin. Nous nous arrêtons pour regarder, j'avance dans la petite allée qui mène à la porte d'entrée, puis je reviens. C'est un petit immeuble neuf, avec quelques noms sur les boutons d'appel.

Ce n'est qu'une rue d'habitations avec seulement un kiosque de fleuriste.

Selim regarde autour de lui le nez en l'air, comme celui qui sent la pluie.

Nous sommes deux ouvriers venus pour un travail et qui ne connaissent pas bien l'adresse. Personne ne passe, seuls deux vieux se promènent, chacun avec un chien.

Nous contournons l'immeuble, je veux le voir de tous les côtés.

Je ne sais pas ce que je dois tenter, mais je sais que mes nerfs me le dictent sur le moment.

Nous revenons sur nos pas, silencieux. Selim enfonce ses pas, sans hâte, il les appuie sur le sol et les soulève un peu plus qu'il ne faut.

Il foule déjà sa terre et conduit son troupeau, pensé-je. Il suce et mordille un noyau d'olive.

Au jardin, je me remets à faucher.

Selim raccourcit l'allée de lavande, puis assis par terre jambes croisées il prépare des petits bouquets avec de la ficelle.

« Ton jardin est mon fonds de commerce. »

D'une poche il tire son couteau, une lame forte et plus experte que ma faux. Il entasse les petits bouquets à faire sécher.

Je l'entends s'adresser à moi, sans vouloir forcer mon attention, regardant ses mains : « Tu ne veux pas mon argent, tu ne veux pas le vin que je te dois. Tu attaches comme ça, tu ne libères pas. Tu dis non à un homme et tu ne lui donnes pas la paix de la dette remboursée. Il faut que je paie mon gage. Il faut être amis entre hommes et on doit être égaux. »

Je l'entends cracher le noyau d'olive.

Je continue à travailler, son propos est fait pour être entendu sans l'indiscrétion de s'adresser à quelqu'un.

Au bord du pré, sa voix m'interrompt à la fin de mes heures. Il me salue. Je lui tends le bras pour lui serrer la main, il ouvre ses bras et les pose sur mes épaules. Il étale toutes les dents de son sourire et m'embrasse.

Le départ est décidé, c'est tout notre adieu.

Un élancement amer me monte à la bouche et je me sens coupable pour le vin promis que je ne lui laisse pas verser.

« Le temps n'est plus au vin, l'homme. J'emporte la dernière brassée de ma dette. Je te rembourse tout à la fois. » Et il sourit, antique, lointain, un souffle d'Afrique, un peu de pollen tombé du voyage du sirocco, une ruche qui émigre, un blanc d'ailes dans la bouche, qui s'éteint.

Et il s'en va vers la grille avec sa brassée de lavande sous le bras.

Alors je ferme les yeux derrière ma main, à l'abri des petits bouts perdus en une seule journée, et je fais une chose stupide. Je me mets à genoux sur le pré et je fouille, je cherche, je trouve le noyau lisse de l'olive et je le mets dans un pot avec du terreau noir.

Je devrais rentrer pour dormir là-dessus et remettre mes mains dans mes poches comme avant Làila. Avant elle, je sais le mal de tuer et alors je peux l'en épargner. J'y vais moi, je dois faire vite et il n'y a rien à préparer. J'y vais et j'improvise ce soir même, comme en Argentine.

En attendant, mes nerfs se durcissent.

Je crois pouvoir l'attaquer, le renverser. S'il a une arme sur lui, je me sers d'elle, sinon je me débrouille.

Je sens une force effrénée monter de l'orifice supérieur de mon estomac et un calme dans ma tête plus solide qu'autrefois. Elle ne s'efface pas de mon corps, l'Argentine, peu de poils ont repoussé sur l'ulcère de la guerre et des assassins.

Et une femme arrive qui, à première vue, sait qui je suis et n'est pas dégoûtée, mais elle me choisit et me renvoie à la case infâme.

Cette fois-ci je ne m'enfuie pas, cette fois-ci je reste.

J'emporte des gants avec moi.

Il y a encore de la lumière quand je franchis la grille, et je passe voir le patron du bistrot pour échanger deux mots. Il transvase du vin, je lui donne un coup de main.

Puis il débarrasse une table des chaises qui sont dessus et m'apporte un petit fromage de chèvre, du pain noir et une carafe de rouge.

Il parle d'une maison au bord de la mer où il veut se retirer.

Moi aussi, dis-je, je pense à une maison sur la côte, à une fenêtre à l'est et à une treille au sud. L'ouest et le nord appartiennent à mon dos.

« L'ouest pour moi, dit-il, est le dos de mon père qui part pour les Amériques. Je le vois encore monter sur le bateau et disparaître dans l'occident, pour toujours.

« Il n'existe plus de vies comme ça chez nous, aujourd'hui ce sont des vies d'autres hommes qui arrivent dans n'importe quel coin de notre pays pourvu que ce ne soit pas un port. C'est drôle, non ? Même ceux qui ont un passeport ne passent pas par un port.

« C'est pour ça que chez moi il y a une place et une assiette pour ces vies-là. »

Je mange un morceau et je n'avale que quelques gorgées de vin. Le soir est là et je dois me lever.

Il demande si je vais chez moi. Non, je n'y vais pas.

Je ne sais comment sonne ma réponse. Le patron me serre la main et de l'autre il touche mon bras qui est déjà tendu et dur.

C'est une rue éloignée, il me faut y aller à pied, accorder mon pas à mon sang.

Je surveille ma respiration, mes battements.

Je me calme et je me durcis.

Je sens dans mon bras une force contenue, capable de défoncer un tonneau.

En marchant, j'évite les personnes qui viennent à ma rencontre. J'ai peur d'en frôler une et, rien qu'ainsi, de la blesser.

Je croise une femme, je change de trottoir avant qu'elle le fasse elle-même. Un assassin doit rester dans un vide.

Je marche et mon corps se recharge.

Je fais des pas plus durs, mes bras au contraire accompagnent leur allure en remuant très peu, concentrés dans l'attente de déclics.

Mes mains gardent mes doigts tendus, écartés, pour ne pas qu'ils se touchent.

Je sens l'air léger sur le bout de mes doigts.

Du bord des ongles et de la pointe des cheveux m'arrive le contrôle permanent de la frontière barbelée entre le monde et moi.

Mes yeux voient aussi en moi, ils fixent mon cœur qui bat à coups denses et lents, parcourent mon épine dorsale, ce serpent raidi qui est dans tout squelette et qui lui donne sa position droite comme celle d'un reptile à l'attaque.

Et je sais que je suis un homme maintenant car je suis la plus dangereuse des bêtes.

Il ne s'agit pas de chasse pour moi, mais seulement d'une attaque pour détruire.

Quand j'arrive à sentir cela, je suis prêt.

Combien de soldats tombent s'ils n'en arrivent pas là à temps.

Je suis né sous le signe du Taureau, on attache facilement à mes narines un anneau pour tirer.

J'arrive au coin de la rue et je vois un peu d'agitation, un groupe de personnes sous un lampadaire, un accident me semble-t-il, j'avance et c'est justement devant le numéro que j'ai vérifié à midi. Je vois la police et un barrage, j'arrive devant eux et un homme en uniforme m'invite à faire le tour car là on ne passe pas, je demande ce qui arrive et il m'expédie brutalement d'un geste de la main, et la porte que je dois franchir est celle du remue-ménage et moi je suis prêt depuis un bon bout de temps et je passerais aussi bien sur eux et j'arriverais à cette porte de toute façon et je me jetterais sur cet homme et maintenant mon bras est tendu comme un arc et un marteau et je peux creuser un fossé par terre s'il retombe. Et je ne peux le mettre dans ma poche et revenir en arrière.

Je me tourne brusquement en pensant trouver un passage, je fais deux pas et je sens une odeur de soufre qui se dégage de mon nez, un liquide chaud coule sur mon visage et je m'aperçois que c'est du sang et que mes narines lancent des giclées par terre à coup d'artère et un homme m'offre un mouchoir et me dit de garder la tête en arrière, j'obéis en fermant les yeux, j'entends une voix de femme qui parle d'un Noir et je pense à Selim avec sa belle chemise neuve et je m'appuie contre un petit mur, je m'assieds par terre et je dors peut-être.

J'ouvre les yeux à la voix de l'homme au mouchoir qui me parle et je ne sais ce que je fais assis sur un trottoir, appuyé contre un mur avec des gens tout autour.

Je vois du sang sur mes doigts, je le sens étalé sur mon visage et mes forces reviennent.

Je me relève, je remercie de sa sollicitude le groupe qui s'éloigne et l'homme au mouchoir me prend le bras pour me soutenir. Je m'aperçois qu'il est vide, un bras lent, sans ressort et je me souviens.

L'homme m'invite à entrer chez lui pour me laver, il est médecin et son cabinet est tout proche. Il veut prendre ma tension.

Il me pose des questions, quel métier, où, je lui réponds.

Il s'excuse de parler, de m'ennuyer, mais c'est pour vérifier mes réflexes et les réponses nerveuses.

Chez lui, je peux me laver. Dans le miroir, je suis un clown rouge couvert de taches.

Je lave, je frotte et je ne m'explique pas un fond de joie. La chose décidée reste encore à faire et le temps perdu se resserre autour de Làila. En plus, ma tête est connue maintenant dans cette rue et il m'est plus difficile d'en sortir indemne. Mais le sang perdu me procure un certain soulagement.

Je sors ragaillardi de la salle de bains. L'homme a un beau visage hâlé et émacié de paysan du Sud, et une peau fine sur les os, une peau azyme pourrait-on dire.

Il a une chevelure épaisse et blanche.

Tandis qu'il s'affaire sur mon bras, il me raconte qu'il va se retirer dans son village natal, un endroit qui me rappelle un vin. Je pense que je rencontre seulement des gens qui sont sur le point de s'en aller.

Il est en train de remettre en état une maison et une propriété. Il veut appuyer ses pieds sur la terre.

Il ne veut plus de la ville, des gens aux blessures maudites, de balles, de drogues, de nerfs. Il veut soigner des os, des cœurs, des vieux.

Ma tension est bonne, il me conseille un verre de vin. Puis il pense à l'homme sur lequel il s'est penché avant moi et me dit qu'on l'a tué à l'ancienne comme une bête des champs, égorgée.

Quelqu'un, une femme, voit un Noir attraper un homme qui sort d'une voiture et l'égorger. Et elle le voit s'en aller sans une éclaboussure de sang sur lui, sur sa chemise.

Lui accourt aux cris dans la rue, trouve la femme qui tremble de peur, et par terre il y a une mare de sang, et plus loin un homme étendu, face contre terre.

Il prend son pouls par acquit de conscience et puis monte prendre une serviette pour recouvrir au moins son visage.

« Un homme meurt et sa peau perd sa chaleur comme le sable un soir d'été. On a envie de le réchauffer, dit-il.

« Il n'a pas dû bien se rendre compte, l'entaille est profonde, sans déchirures, faite par une lame très affilée. Il a seulement dû sentir le froid. »

Et puis moi j'arrive et, comme s'il n'y en a pas assez, j'ajoute mon sang à celui de la rue.

Il m'ausculte avec l'oreille froide de son instrument.

Tandis qu'il compte mes battements, je comprends enfin la cendre de Selim, son salut, et je n'arrive pas à retenir ce que je comprends. Le sang perdu me laisse vide.

L'homme dit que j'ai un muscle cardiaque grand comme une noix de coco. Enfin il se détache de son écoute.

On se quitte bons amis, je le remercie, il dit qu'il viendra me trouver pour demander des conseils sur le travail de la terre et sur les outils.

Je tourne le dos à l'endroit des sangs.

Je vais à la gare, vers un train qui doit me ramener à la maison.

Je reviens, ce verbe me pousse, je reviens du sud d'une heure d'Argentine, je remonte les cent parallèles en une soirée, je me sépare de Làila et je ne veux pas penser à l'ami qui paie une dette par une étreinte et une gorge tranchée.

Je m'interdis son nom. L'avoir à l'esprit, c'est déjà le trahir.

Moi je ne connais aucun nom, je chante des chansons, je couvre mes pensées.

Je me tourne vers le point des champs où devrait se trouver l'Afrique.

Je reste les yeux fermés vers ce point, comme le font les aveugles qui arrivent à sentir les sourires et à se tourner dans leur direction.

Je dois rentrer, m'asseoir à la cuisine, effacer le sang par le vin.

Je m'assieds près de la fenêtre d'un compartiment, il n'y a pas d'ouvriers à cette heure du soir, mais des étudiantes, des employées.

Elles rentrent, plus tard que nous.

Je les regarde, elles ont envie de rire entre elles, d'être gaies pour le peu qui reste de la journée.

Elles rient avec des éclats qui les emportent loin, elles rient comme moi je marche, je bois.

Je touche le livre dans ma poche, un morceau de choix pour le retour, je le laisse où il est, c'est la convalescence des jours à venir.

Je touche l'endroit du projectile passé sans m'emporter.

Les jeunes filles s'apprêtent à descendre, moi je suis en dernier.

Sur le trottoir, je lève le nez au ciel et je sens l'odeur de mon sang séché.

Il y a des soirs où le ciel est un œuf et on peut le regarder de l'intérieur.

Un souffle de mistral apporte de la rouille et du sel, le fer ici tombe malade, le basilic en revanche reverdit, le brigand.

Du palier je sens qu'il m'accueille.

Je prépare quelque chose, j'éteins la lumière, je m'assieds.

Je mâche dans l'obscurité, j'absorbe, j'écoute, j'avale.

C'est un soir propre, sans lune. Je parfume mes doigts de persil et d'ail, un peu d'huile coule de mon pain dans ma paume et je suis content d'être oint par elle et non par le sang.

Je passe le dos de ma main sur mon front pour effacer la journée.

Je ne suis pas innocent, mon soulagement ne vient pas de là, mais du soulagement physique d'une menstruation du nez.

Un autre homme est à ma place d'assassin sans pour autant m'en retirer la faute, n'épargnant que le geste. Dans son bras se trouve à présent la répétition du coup porté à une gorge.

Et son bras se contracte pour répéter dans le vide la forme du geste, jusqu'à la pure ébauche.

Un athlète prépare son exercice par bien des essais pour s'entraîner avant. Un assassin répète après dans ses nerfs jusqu'à épuisement le mouvement de la mort, pour s'entraîner à l'envers à s'en débarrasser.

Je sais qu'il emporte avec lui son couteau pour continuer à couper son pain, faire des bouquets de fleurs, trancher un fruit.

Celui qui aime les objets et connaît leur valeur d'usage ne les abandonne pas à un ultime service maudit.

Dans l'obscurité de la cuisine, meurt mon deuxième cheval.

Les personnes d'une année émigrent en une journée, plus de « tiens-moi » ni de noyaux d'olives.

Moi je reste et, du moins pour ce soir, je ne sens pas leur absence.

Je m'endors sur la table, je me réveille un peu avant l'aube.

Je dois recommencer à m'habituer aux journées, la bouche fermée.

Je prends le livre ouvert à la pliure, je me remets à son rythme, à la respiration d'un autre qui raconte. Si moi aussi je suis un autre, c'est parce que les livres, plus que les années et les voyages, changent les hommes.

Après bien des pages on finit par apprendre une variante, un geste différent que celui commis et cru inévitable.

Je me détache de ce que je suis quand j'apprends à traiter la même vie d'une autre façon.

Je me rase dans une faible lumière, le visage mouillé, et le rasoir essaie de passer sur la peau dans un autre sens.

Je mets le livre dans la poche intérieure de ma veste, je l'appuie contre ma poitrine. Dans l'ancien emplacement de l'arme il y a maintenant le tout autre.

DU MÊME AUTEUR

Aux Éditions Gallimard

TROIS CHEVAUX («Folio», n° *3678*).

MONTEDIDIO. Prix Femina étranger 2002 («Folio», n° *3913*).

LE CONTRAIRE DE UN («Folio», n° *4211*).

NOYAU D'OLIVE («Arcades», n° *77*; «Folio», n° *4370*).

ESSAIS DE RÉPONSE («Arcades», n° *80*).

Dans la collection «Écoutez lire»

LE CONTRAIRE DE UN (1 CD).

Aux Éditions Rivages

TU, MIO.

PREMIÈRE HEURE.

EN HAUT À GAUCHE.

ALZAIA.

ACIDE, ARC-EN-CIEL.

REZ-DE-CHAUSSÉE.

LES COUPS DES SENS.

UN NUAGE COMME TAPIS.

Aux Éditions Verdier

UNE FOIS, UN JOUR.